JN239632

虹いろ図書館　司書のぼくと運命の一年

目次

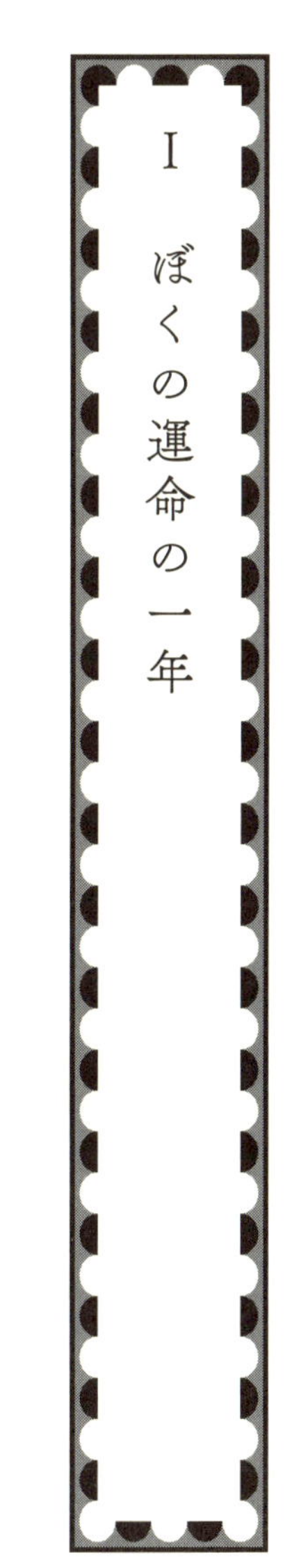

I　ぼくの運命の一年

「単なる利用者数とか貸出冊数とか、統計の数字は二の次です」

中央図書館の会議室に、ぼくの声が響く。今、後ろの戸口にちらりと人影がよぎった。

ぼくは一瞬そちらを見たが、すぐに視線を中央へもどす。

「おはなし会やこうさく会などの行事を、図書館が行う真の目的は、子どもたちに、図書館は楽しくて明るい場所だと知らせるためです」

なんだか腹の底がむずむずするが、それを悟られるのは情けない。知らない顔で話し続ける。

「図書館が、ほかからせかされたり、強制されたり、押しつけたりされないでいられる、自由な場所だということを、子どもに知ってもらう必要があります。何度も図書館に行きたいと感じさせる。それが、私たち図書館員の一番の使命です」

研修生たちは律義にうなずいて、ノートに、たぶん、ぼくの言葉を書きつけている。それで、ますます腹がむずむずする。ぼくが偉そうに講義しているなんて、不思議な気分だ。

ぼくが図書館の専門研修を受けたのは、数えたら……なんと十年も昔か。

実感なんてあるわけない。そんなのついさっきのような、いやそれどころか、今の今、十八歳のぼくが、この会議室の一番後ろの席にいて、講義に耳を傾けながら、「司書になれたらなあ、あんなふうにすらすら図書館について話せたらなあ」なんて、うっとり考えてる姿が見えるぐらいだ。

「おいおい、そんなんで、だいじょうぶなの？」

すぐ隣で、ぼくだけに聞こえる声がした。この少年は、小さいときのぼく、犬上健介の幻だ。今でもたびたびこんなふうに、ぼくに勝手に話しかけてくる。

小さなケンは心配そうにささやく。

「君はもうベテランなんだよ。この十年間で、働きながら大学も卒業したし、司書の資格もとったし、先生として教えるのも初めてじゃないよね？　その間ずっと、子どもの本の担当だったんだし。そのくらいのベテランは、そんなに大ぜいいないよ？　もっと自信を持って、えらそうに先生をやらないと」

まあ、それはそうなんだけど。

でも、ぼくは自分で思う何倍も、傍から見ればむっつりしてて、愛想がなくて怖いらしい。あんまりえばったら、さらに怖がられるんじゃないのかな。

「大人になっても、やっぱ気になるの？　アザのこと」

まったく気にならないと言えば、それは嘘だ。

ぼくの右半分にはひどく目立つ緑色のアザがある。髪の生え際のおでこから、ひざの下までびっしりだ。夏でも長袖の服を着ているけれど、顔の右半分や右手の甲のアザは隠せない。初めてぼくを見る人は、かなりびっくりしちゃうみたいだ。

さっき、ぼくが会議室に入ってきたときも、研修生はびっくりしてた。大人でも初対面では、ついつい視線を離せなくなってしまったり、不自然にそらせたり、そんな反応が普通だ。でも、それは最初の数秒だけのこと。その数秒で相手は思いっきり驚けばいいし、ぼくはいつものつまらなそうな顔でしのぐ。それで両者おあいこだ。その数秒を乗り越えたら、相手もぼくもありきたりな日常を再開する。生まれてからずっと、ぼくはそうして乗り越えてきた。

「むしろ、ぼくはケンに同情するよ」

ぼくはケンだけに聞こえる声でささやいた。

「大人になったらとても楽だよ。相手が大人でも子どもでも、こっちが大人であれば、その数秒後に、ほとんどの人がスルーしてくれるからね」

ケンはちょっとうなだれたように見えた。

「そうだね。ところが、こっちが子どもで、相手も子どもだとそうもいかない。いつまでもしつこくからまれるんだ」

「ま、大人でも、しつこくからんでくる人はいるけどね」

「子どもといっしょのレベルなんだね」

ケンとそんな会話をしている間にも、大人のぼくは自動操縦モードのように動いて、児童サービスについて講義を続けた。

それにしても、今年度はさびしい。研修生はたったふたり、それも来年定年退職予定のおじさんだけだ。


「さて、終わった終わった」

研修に使った何冊もの絵本をまとめていると、

「犬上こら、人の講義パクってんじゃねえぞ」

後ろで、治安の悪そうな声がした。

ぼくは振り返って、ちょっと笑う。

「見てたんですね。やめてください、気が散ります」

さっき戸口の向こうに感じた気配は、やっぱり霜月先輩だった。相変わらず派手なシャツ着てるなあ。まるでこいのぼりか、大漁旗から作ったみたいだ。

ぼくは、絵本や資料をトートバッグへぱんぱんに詰めこむ。

「いえいえ、さっきのはパクりじゃなくて、先輩に対するリスペクトであって」

たしかにさっきの「図書館員の一番の使命」のくだりは、霜月先輩の講義の受け売りだ。

霜月先輩は開いた襟に手を突っこんで、鎖骨あたりをぼりぼりかいた。

「は、リスペクトなんざ、腹の足しにもならねえ。しかし、ぼうやもいっちょ前に、先生っぽくなったじゃないの」

「ホントですかー」

ぼくと霜月先輩がしばらく立ち話している間に、

「小学五年生のとき、初めて入った図書館で出会った司書さんが、シモツキさんだ」

ケンが現れ、そこらをぶらつきだす。

「十八歳になって、その図書館にしゅうしょくしたら、研修の先生がシモツキさんだった」

両手を頭の後ろで組んで、ケンはおかしな笑い方をする。

「いっしょの館で働いたこともあるし、もうこうなったら、シモツキさんって、君の運命の人かもね」

「なんだよそれ」

思わず、ケンに顔をしかめたら、

「あん？」

霜月先輩に真正面からのぞきこまれる。

「いえいえいえ、今晩よろしくです、瑞雲（ずいうん）で、十八時からですよね、じゃ！」

ぼくはちょっとあせって、大荷物を担（かつ）いで退散した。

「では改めまして」

「「「お疲れ様でーす！」」」

三つのグラスがちん、と鳴った。

研修の講師を終えたぼくは、中央図書館から自分の館にもどった。夕方に接客のごたごたが予想外に長引いてしまい、待ち合わせに一時間以上遅れた。

「どうもすみませんでした」

ふたりに謝ると、高橋がてらってらの笑顔を向ける。

「相変わらず、職場で頼りにされてんのねえ、犬上さん」

「いいように使われてるだけだよ」

台湾料理瑞雲の店内には、天井にも床にも柱にも壁にもテーブルにも空気にも、濃厚な脂とスパイスの香りがしみこんでいる。今夜はこの店にしては混んでいて、あたりはわいわいだいぶにぎやかだ。

ぼくはカウンターへ立っていって、奥の厨房にいる店主のおばあちゃんに声をかけた。この店では、そんな感じに頼んだ方が、スムーズに事が運ぶ。

ルーロー飯と焼きビーフンを頼んだ。昔に比べたら、ぼくもだいぶ飲めるようになったけど、空腹で飲むと悪酔いするから。

ちらりと席を振り返ると、霜月先輩と高橋はふたりで盛り上がっている。

高橋はぼくの後輩で、数年前に図書館から市議会事務局へ異動した。霜月さんとは同じ館で働いたことないはずだけど、会議とか研修とか、こういう飲み会とかで、ちょくちょく会っている。そもそも、あいつは人見知りというものを知らない男だ。誰にでも気安く話せて盛り上がれるから、飲み会にひとりいると便利だ。

ルーロー飯の丼を持って席にもどり、レンゲで食い始める。

「しかし、とうとう運命のラスト・イヤーが始まったわけっすね」

高橋は口をへの字に曲げ、ぼくに怒り顔を作って見せる。

「この一年で終わりって、どう考えたっておかしいっす、まったく、何が指定管理者制度だよ」

ぼくは知らんぷりで飯を食っているが、隣にはケンが座っている。

「してい、かんりしゃ？　って、なに？」

食いながら、ケンにささやき返した。

「指定管理者制度とは、図書館とか公民館とかの公の施設の運営を、ほかの団体、多くは民間の会社に任せることだ」

「なんでそんなことするの？」

ケンは無邪気にたずねるが、ぼくは飯を食い続ける。その質問には高橋が答えた。

「民間会社の方が効率的に運営できるから安く上がるっていうけど、それって、単に給与を安くするだけだし。最低賃金すれすれで雇った人たちに、先輩方と同じ仕事をさせるつもりなんすよ。

冗談（じょうだん）じゃない。先輩たちにも、これから働く人たちにも侮辱（ぶじょく）っすよねえ」

訳知り顔でうなずきながら、ぼくのグラスにビールを注ぐ。

「は、おれらの仕事はそこまで高尚（こうしょう）か？」

ぼくの隣で、霜月さんが鼻で笑った。

「皆さん自信満々なんでございますねえ」

先輩は無色透明（むしょくとうめい）の蒸留酒に移行している。あれはコウリャン酒（しゅ）といって、アルコール度数が四十度も五十度もある。それをそのまま、小さなグラスでくいくい飲んでいる。

高橋が自分のグラスを見つめながら、声だけは軽い調子で言う。

「おっしゃるとおり、自分の仕事がその給与に見合うかなんて、突（つ）き詰（つ）めたらフツーよくわかんないっす。誰かが勝手に決めて、誰かが急に取り上げていく」

高橋はビールをひと口飲んでから、霜月先輩に向き直る。

「でもね先輩、自分が言ってんのは、自分のことじゃないんす。そりゃあ、市の職員の中には、全然別の部署からやって来て、図書館の仕事を何にも知らない人もいるっす。けど、霜月先輩や犬上先輩を始めとして、熱心で優（すぐ）れた司書は大勢いるじゃないすか。自分は、その先輩方の今までの努力や経験の蓄積（ちくせき）を、軽く見たり無視したりはねえだろって話してんす」

霜月先輩はもう一杯（いっぱい）くいっと飲み干した。高橋を見るその目は完全に据（す）わってる。

「だから、そんなのどうでもいいって上が判断したんだよ。市民の皆様（みなさま）、大事な大事な納税者の皆様は、図書館なんてどうでもいいって、判断しなさった。もう決まったことを、掘り返してぐちぐち言いなさんな」

高橋は霜月さんを憐れむような目で見た。それは一瞬で、すぐに屈託ない笑顔にもどる。

「あはは、霜月さん飲み過ぎー」

その横で、ぼくはひたすらレンゲを動かし、ルーロー飯を食い続ける。

霜月さんはふうらりと立ち上がった。

「おしっこ」


焼きビーフンが届いたので、ぼくはそれも食う。大好物だけど、今夜はあまり味がしない。

「おれにもちょっとちょうだい」

高橋がビーフンを横からつつきだす。

「一番悔しいのは霜月さんだよな。途中で他部署への異動を何度か挟んだとしても、トータル二十年以上、図書館に勤務してるんだから」

ぼくはビールを飲んで、ふうとため息をつく。

「それでも、もう決まったことだから」

高橋はあたりをきょろきょろしてから声をひそめ、

「ここだけの話だけど、」

中指で眼鏡のブリッジをくいっと上げた。

「おれ市議会の事務局なんで、けっこう見ちゃってたの。霜月さん、図書館の指定管理者制度の話が出てすぐに、いろんな会派の議員さんに会いにいってたよ」

「え」

「最初、地味なスーツ姿だったから、よく似た別人かと思ったんだけど。ほんとに、何度も何度も、議員さんとこに参って頭下げて、資料まで持ちこんで、熱心に説得してたらしいよ」

重く鈍い衝撃を、ぼくは全身に感じた。

「……初めて聞いた。いや、組合とか勉強会で、抗議したり意見書は送ったんだけど」

「時期的にはそのずっと前かな。霜月さん、いつもひとりだったな。そういうの、ひとりで背負いたい人なんすねえ」

高橋はもさもさビーフンをほおばる。

ぼくは、飲み干したビールグラスにうつむく。ちょっと笑えてきた。

「あはは、そんなの無茶だ。個人でどうこうできることじゃない。霜月さんってそういうとこ若いというか、幼いというか。まったく『ドン・キホーテ』じゃあるまいし。風車に突っこんだって何にもならないのに」

高橋が妙にはっきりした声で言った。

「そうっすか？　おれは、霜月さんカッコいいって思った」

ぼくが顔を上げると、

「犬上先輩も、今年度けっこう、忙しくなりそうなんでしょ」

いつもの軽い調子で話題を変えたので、ぼくはおどおどうなずく。

「通常業務と並行して、指定管理者へ確実に仕事を引き渡せるように、事務や事業を全部洗い出して、マニュアル作ったり、研修したりしなきゃなんないから」

「犬上さんって、何年目？」

「今年度で……十一年」

「そうなんだ、図書館って、司書資格持ってても原則十年だけど、動かなかったんだ」

ぼくは顔を歪めて笑った。

「人事担当にしたら、ぼくぐらい動かしづらい職員はいないと思うよ。このアザのせいで、行く先々でびっくりされちゃうんだから」

コミュニケーション能力道五段の高橋は、ぼくの自虐になんて洟も引っかけない。

「犬上先輩みたいな実力者は、何が何でも最後の一年にいてもらわないと」

「……高橋さんも帰ってくればよかったのに」

高橋は歯を見せて笑い、意味ありげな目でこっちを見る。

「いやいや、おれなんて、足手まといだから。だから今年度の異動で、一年限りのエキスパートが続々、パラシュートで下りてきたっしょ」

ぼくは目をそらせて言葉をにごす。

「ええ……まあ……ビール頼む？　別なのにする？」

だんだん、高橋の持っていきたい話の方向がわかってきた。

今年度の人事異動は、ラスト・イヤーにふさわしく特殊だった。ほかの部署にいたベテランの元図書館員たちが、多く図書館へ呼びもどされたのだ。ぼくのいる、柿ノ実の地域館にも、なつかしい顔がふたり帰ってきた。

ひとりは、結婚して苗字が変わった元松井さん、今は奥井さんだ。ぼくが新人のころの二年目で、一般でも児童サービスでもなんでも器用にこなせる。年齢もぼくと近いし、気さくで明るい人だから、仕事もやりやすくなるだろう。

そして、もうひとりは同じく、ぼくが新人のときの二年目で。

「女性は苗字が変わるから、ちょっとこんがらがるな。えっと、今は……」

高橋は頭をかきかき、斜め上を見る。

ぼくは手近なビール瓶を持ち上げて、中身の有無を確かめる。

「内海さん。結局、三年前に内海さんにもどった」

「ああそうか。離婚して、同時に旧姓にもどしたんだっけ。で、お子さんは今いくつ？　男の子で、なんかすてきな名前だった、たしか、『星の王子さま』がらみの」

高橋はにやにやしながら、ぼくを見る。

ぼくはあきらめて、空のビール瓶を置いた。

「濯君は、今年の九月で五歳。そのとおり、『星の王子さま』岩波版の訳者、内藤濯からつけたって、内海さん言ってた。ぼくもいい名前だと思う」

「へえ、職場が違ってても、けっこう会ってるんだ？　内海さんと」

高橋の追及に気がつかない体で、ぼくはビールのグラスを口へ運んだが、そっちも空だった。

「図書館の外に異動してからも、何度かおはなし会とか行事に親子で参加してくれてて。内海さんにとっては、昔の職場だから気楽なんだろ」

ビール瓶をかかえ、高橋がずりずり、ずりずりと近づき、ぼくのグラスにビールを注いだ。

「犬上先輩、いよいよチャンスでげすね、えへへ」

「なんだよ、『坊っちゃん』の野だいこかよ」

ぼくの文学的ツッコミにも、高橋はひるまない。

「濯君とも仲よしだって、聞いてますぜ。ぜひぜひ、リベンジしてください」

「何を？」

ぼくはとぼけるけれど、高橋野だいこは好き勝手にしゃべりまくる。

「でも、ライバルは大勢いますからね。どこそこで男の車に乗ってたとか、誰かとふたりきりで飲んでたとか、役所でもうわさはけっこう聞きますよ。シングルマザーになってからの内海さん、前よりモテモテなくらいだ。そうそう、次長の清見さんも狙ってるらしい……清見次長ってさ、年々犬上先輩へのあたりが強くなってるっしょ。あれ、わっかりやすいっすよねえ、公私混同もいいとこ」

けたけた笑うのを、ぼくは無視してビールを飲む。

「でも、清見さんの見立ては芯喰（しんく）ってるんす。だって、このレースのトップを走ってるのは、ほかでもない、ここにいるお方なんでげすから、げへげへ」

品のない笑い方をして、ぼくの肩（かた）をばんばん叩（たた）く。

ぼくはなんだかどっと疲れてしまって、野だいこへの反論を思いつけない。

「内海さんは、犬上さんと幸せになってほしいんだよなー。てか、結婚っていいもんすよー」

高橋は三年ほど前に、年上の同僚（どうりょう）と結婚した。あんなに内海さんのことが好きで、勝手にぼくのことをライバル視して、大騒（おおさわ）ぎしてたくせに、

「そういえば、うちの奥さん、おれが今日飲みに行くって言ったら、ちょっとすねちゃって。でも、そういうとこが……」

今は奥さんに夢中で、ヒマさえあればのろけだす。

「何か追加で頼もうかな」

ぼくが立ち上がり、カウンターを目指すと、ケンが並んで歩いている。

「タカハシと君は、六年前、ほとんど同時期にうつみさんに告白して、フラれたんだ」

ぼくは言い訳がましくつぶやく。

「ぼくの場合は、フラれたっていうか……タイミングっていうか……」

ケンはだいぶ意地悪な顔で、ぼくを見上げる。

「へえ、君はフラれたって思ってないの？　だって、フラれたじゃん。満開の桜の公園で、真剣(しんけん)に告白したけど、断られたじゃん。そのときはもう、うつみさん、おなかに赤ちゃんがいてさ、そのあとすぐに、どっかの知らない人と結婚したんだよね。それ、だれがどう見たってフラれ」

「ああうるさい、しっしっ」

ぼくはハエを追いやるように手を振ったが、ケンは離れない。

「なら、タカハシのいうとおりチャンスだね、もう一回プロポーズしたら？」

ぼくは細く長くため息をつく。

「ケンは子どもだね。あのとき、内海さんに告白したぼくと同じくらい」

ケンは時計の針が十二時から九時になるくらいの角度で、首を傾(かし)げた。

「うん？　どういうこと。そりゃあぼくは子どもだけど、あのときの君は」

「ぼくはね、もうそういうのはなくていいんだ」

「え？　そういうのって、どういう」

「いいんだ、いいんだ、子どもはそういうこと考えなくて」

ぼくはカウンターにたどり着いた。奥の厨房では、うまそうだけど何の肉か見当のつかない串(くし)が焼かれている。それを二人前と、紹興酒(しょうこうしゅ)を頼んだ。

紹興酒の瓶とグラスふたつを持って帰ると、高橋はじっとうつむいていた。携帯を操作しているようだ。ぼくに気がついて、ぱっと顔を上げる。

「やばっ、うちのがだいぶご機嫌斜めだ……お先に上がっていい？」

ぼくはグラスひとつだけに、紹興酒を注いだ。とろりと甘い酒を口に含む。こんなに甘いのに、昔は砂糖を入れないと飲めなかった。

「どうぞどうぞ。ぼくが遅れて、申し訳なかったですね」

もう三年目で、まだ子どもはいないはずだけど、高橋夫妻もそうとう甘いらしいな。

「いえいえ、なんかすみませーん、また今度ゆっくり……あ、この辺でおいしい甘いもの屋さんてない？　女子が喜びそうなやつ」

苦笑しながら、ぼくは腕時計を見る。

「駅のロータリーの、すみっこのケーキ屋ならまだ開いてんじゃないかな、赤い看板の。クラシックだけどおいしいって、うちの女性陣が言ってた」

「あの小っちゃいとこ？　うむ、サンキュっす。行ってみる」

高橋はカバンをかき寄せて立ち上がり、数千円をテーブルに置く。

「とにかく応援してるっす。犬上先輩、がんばれー」

去り際に、ぼくの肩をぽんと叩いていった。

つまらなそうな顔で後輩を見送ってから、ぼくはやっと気がつく。

「あ、霜月先輩」

霜月先輩は、トイレそばのテーブル席にきちんと座っていた。そこにもグループ客がいたけど、酔ってるせいか誰も先輩に注意を払わず、楽しそうにしゃべり、飲み食いしている。なじみ過ぎて、ぼくは何度かそこを通ったのに気がつかなかった。

「先輩、先輩」

肩を揺すったが完全に寝てる。何度も揺すり続けて、ぼくの先輩はやっと薄く目を開けた。

グループ客に謝りつつ、肩に担いでなんとか自分たちの席にもどって来た。

今気がついたけど、霜月先輩って、もっと背が高くなかったっけ？　ああ、ぼくがでかくなったのか。

席に下ろしたとたん、霜月さんはどさりと崩れ落ち、椅子ふたつの上で仰向けになる。のぞきこむと、もう寝ている。

先輩のレザージャケットを、そっとかけて差し上げた。さっきの高橋の話を聞いたせいか、その寝顔はかすかに悲しそうに見えた。ぼくはきっと、さっきの高橋と同じような憐れみの目でこの人を見ていたのだろう。

それからひとりで、二人前の謎肉の串と紹興酒をやっつけた。

もぐもぐ口を動かしながら、考えたくはないけれど、これからのことを考えてしまう。図書館を離れなければならないなんて、思っただけでも腹の底がぐるぐるする。ぼくですらこうなのに、霜月さんの心中はいったいどれほどだろうか。

酒も料理もなくなり、サービスの温かい中国茶が出てきたころ、霜月先輩はいきなりむくりと上半身を起こした。

「おい、犬上んとこの保存書庫に逃げこんだ、例のスタビンズ君、今年度も続行なの？」

ぼくはちょっと笑って、湯呑を両手で包む。

「はい、今や家庭にも学校にも公認というか……新任の加藤館長はまだ、図書館のことよくわかってないみたいですし、なんとかごまかしてます」

霜月さんは寝ぐせのついた頭をぽりぽりかいていたけど、

「今や、あの図書館での最高権力者は犬上だな。もはやお前の王国だ。加茂河の水から、双六の賽、山法師まで、ぼうやの意のままにならぬものはない、ま、それもこれも三月までの期限付きの王様だけどな、わははははは」

大爆笑して、もう一度、ばたんと寝た。

Ⅱ『マヤの一生』

翌朝の出勤時、ぼくの頭はもやがかかっているようで重たい。

ぼくの勤務する図書館の建物は、ねずみ色一色のコンクリート造り。晴れでも雨でも風の日でも、古びてつまらなそうに見える。

通用口の前で、声をかけられた。

「おっはよ」

内海さんは今朝も、ぼくににこにこ笑いかける。

「あ、おはようございます」

だまされてはいけない。この表情は、彼女のデフォルトの仕様なのだから。

内海さんは軽やかにぼくを追い越し、先に建物に入った。

通用口を入ってすぐがワークルームだ。くるんとターンして、内海さんはぼくを見上げる。

「犬上さん、朝から疲れてる？　顔色悪くない？」

自虐ネタが頭をかすめたが、もちろん言わない。そんなの誰も得しない。

「あ、はい、昨日ちょっと飲み過ぎました。霜月さんと高橋さんと」

「そうなの、なあんだ、わたしも行きたかったな」

巨大な作業デスクをよけてワークルームを通り抜けると、貸出・返却・相談などのカウンター、その向こうには一般向けフロアが広がっている。照明がついていないので、書架群と十二万余冊の本たちは、深山の森みたいにひっそり静まり返っている。

事務室は二階なので、ぼくと内海さんは暗いフロアを横切り、階段を目指す。

内海さんは急に、意地悪な視線と口調になった。

「どうせ、三人でわたしの悪口言ってたんでしょ」

ぼくはいつものつまらなそうな顔で答えた。

「まさか。三人でほめそやしまくりましたよ。次回はぜひごいっしょに」

「なら、許す。あ、でも、必ず五日前までにアポをおとりください。濯のお迎え、ばあばに頼まなきゃだから」

そう言うやいなや、内海さんは駆けだした。階段でほかの同僚に追いつき、にぎやかにおしゃべりしながら上っていく。

変わらないな。きらきら跳ねまわるおもちゃのボールみたいな人だ。

ぼくはちょっと目をこすった。

職員は、二階の事務室で荷物を置き出勤の打刻をし、ロッカールームでエプロン姿に着替える。再び一階に下りて、朝の仕事にかかる。

ブックポストにたまった本をかきだし、チェックして並べて、返却スキャンをして、書架へもどす。山ほどレシートを出力し、予約本のピックアップをする。新聞やカレンダーや返却期日票などの用意、カウンター周辺やテーマ展示、雑誌や各種広報ものなどを確認して整理する。忙しく朝のルーティンをこなすうち、ぼくの頭のもやはすっかり晴れた。

この図書館の建物は、小学五年生のぼくが初めて入ったときからすでに古かった。そのせいか、自分の部屋よりも落ち着く。仕事と建物は、ぼくの一部分のような気がする。そんなのって、世間じゃ「ぬるま湯に浸かってる」とでも言われそうだけど。

朝仕事をほぼ終え、階段を上がる。

二階の大半は児童室のフロアで、児童カウンターの向かいには保存書庫がある。ぼくは児童資料とサービスの担当なので、決められた仕事がないときはたいがい二階にいる。

階段横の通路から保存書庫へ入ろうとしたとき、背中に、

「犬上さん」

かぼそい声をかけられた。

振り向くと、今年度の新任館長の加藤さんだ。

来年、定年退職予定の小柄な男性で、こないだのぼくの専門研修の研修生でもあった。図書館の仕事は初めてで、フロアでも、事務室でも、常におどおど緊張している様子だ。

「どうしても、見つからない本があるんだけど」

すまなそうに、小さな身をさらに小さくしている。

しかしまあ、ぼくだって新人のころは、おどおどきょろきょろの草原のインパラだった。利用者が怖くて先輩が怖くて逃れ逃れた果てに、書架に張りついて動けなくなっちゃったことすらある。当時は十年目の司書職員なんて、神か太陽みたいな存在だった。

加藤館長から見たら、このぼくがそんなふうに見えるのだろうか。考えるだけで、腹の底がざわざわしてくる。

ぼくはつまらなそうな顔で、館長の差し出すピックアップ本のレシートを受け取った。

「はい、これは請求記号の上に『L』がついてますので、大型絵本です。《おはなしのこべや》に上がって、正面の壁に立てかけられているはずです。こっちは、新書番号ですね。児童の新書は、YAコーナーにまとめてあります」

「ごめんねえ。たしか、研修で教えてもらったのに。年取ると覚えが悪くって」

「いいえ、すぐに質問してくださって助かります。イレギュラーな配架場所はけっこうありますが、直接書架に触っているうちに、嫌でも頭に入りますよ」

もう一枚は保存書庫の本だ。その一枚を抜いて、残りを館長に返す。

「保存書庫の分はぼくがとってきます。館長は、大型絵本とＹＡをお願いします」

加藤館長はぼくを見上げた。

「そうだ、保存書庫と言えば、あの例の中学生、もう来てるね。あの子って……」

表情は変えてないつもりだったけど、ぼくの背中には嫌な汗（あせ）がにじむ。

「はい、またいろいろ手伝ってもらってます。今日はたまたまあそこで」

館長を置き去りにして、足早に保存書庫へ向かった。

ぼくと並んでケンが歩いている。

「スタビンズ君が来るようになってから、何か月たったかな？」

ぼくは指折り数える。

「初めて来たのが、去年の十月で、今が四月だから……げ、もう半年か」

日々の仕事に追われているせいか、ついこないだの気分だった。


半年前のその日、ぼくの担当するおはなし会があった。

毎週土曜日の昼下がり、図書館では、幼児から小学生くらいを対象としたおはなし会をやっている。絵本コーナー奥の《おはなしのこべや》で、絵本の読み聞かせや、素話（すばなし）、簡単な工作などをして盛り上がる。

内海さんと濯君の母子も参加してくれた。十月なので、ぼくが選んだ『あくたれラルフのハロウィン』や『おおきな おおきな おいも』の読み聞かせが、まあまあウケたのでうれしかった。

おはなし会が終わったあともしばらくの間、子どもや保護者たちは《おはなしのこべや》や、そのまわりで思い思いにおしゃべりしたり、工作で作ったおもちゃで遊んだりする。ここでのおしゃべりは他愛ないことも多いが、保護者やぼくのような児童担当にとっては、有力で貴重な情報共有のひとときだ。ぼくはたいがい部屋のすみっこにいて、皆様の話を聞いている。

その日もぼくはおはなし会の絵本や道具を片づけながら、内海さんやほかのおかあさん方が、早乙女さんと話すのを聞いていた。四歳になったばかりの濯君はなぜかぼくに登るのが大好きで、自由に背中から肩への登頂にトライしていた。

早乙女さんは図書館常連の保護者だ。子だくさんのおかあさんで、気風がよくて情報通で、若いおかあさんおとうさんたちから絶大なる信頼を得ている。

「こないださ、若松町のおぶすま文庫ってとこに行ってきたの、そこがけっこうよくてさ」

「ええ、行きたーい。わたし、個人のお宅でやってる文庫って行ったことなーい」

「でも、若松町はちょっと遠いかなあ」

「あたしが車出そうか？　ほかに出せる人いる？」

騒ぎが起きたのは、そのときだ。

カウンターの方から、複数の人の悲鳴が聞こえた。

ぼくは背中の濯君を内海さんに渡し、スニーカーをつっかけて《おはなしのこべや》を出た。

声の方へ駆け寄ると、階段を上がったところに男の子が倒れていた。

近寄ると、男の子の服はずいぶん汚れている。かすかに血のような赤いものも見えた。

「大丈夫ですか？」

軽く肩に触れて声をかけると、まぶしそうな顔をかすかに上げた。

土曜の午後で利用者は多い。大人も子どもも遠巻きに男の子を囲んでいる。

ぼくは彼を抱き上げ、ちょっと迷ってから保存書庫へ連れて行った。

保存書庫の片面はぎっしり電動の集密書架で、もう片方は狭いながら作業スペースだ。印刷機やデスクが据えつけられ、処理中の本や印刷物に段ボール箱、折り畳みコンテナ、ブックトラックに修理道具……などなどが積み重なる。フロアへ続く窓もあるが、目が慣れるまでは薄暗く雑然とした場所だ。

「だいじょぶ……歩ける」

腕の中で男の子がつぶやいたので、近くの椅子に下ろした。

ぼくはひざまずいて男の子の様子を見る。さっき持ち上げた感じは小柄で軽く、小学校高学年くらいかと思ったけれど、この白シャツと黒いズボンは近所の中学の制服だ。

ズボンも泥だらけだったが、シャツはもっとひどかった。ボタンは飛び、襟まわりも肩も、袖の一部も裂けていた。裂け目からのぞく腕には、赤や黒のアザが広がりつつあり、ひどくすりむけた傷もある。

「血が出ている。とにかく、応急処置だけさせてください」

ぼくは保存書庫を飛び出し、事務室で救急箱やタオルなどを拾い、取って返した。

暴れも騒ぎもせず、少年はうなだれて座っていた。ぼくが濡れタオルで傷をふいたり、消毒薬をスプレーしたり、脱脂綿を当ててテープで留めたりしている間、じっとおとなしくしていた。

「何があったのか、教えてくれますか？」

ぼくがたずねると、ゆっくり顔をそむけた。

ひとりで転んだとは考えにくい。特にこの腕の傷は、なぐられたり蹴られたりしたときに、顔や腹をかばってできたものだろう。

ぼくはそれ以上質問しなかった。

ふいに、外で声がして、ぼくと少年は同時に戸口の方を見る。

なんだろう、よく聞こえないが、とにかく乱暴な叫び声だ。

ぼくが立ち上がると、少年がぎゅっとぼくのエプロンのすそをにぎった。にぎった手は、かすかに震えている。

「落ち着くまで、ここにいていいですよ。ここは、職員しか入れないエリアです」

そう言って、つかんだ手をそっとさすると、少年はようやく手を離した。顔も泥で汚れていたけれど、薄暗い中でも白目が強く光って見えた。

彼を置いたまま、ぼくは保存書庫を出て行った。

「だから何なんだよ！　あんたたちは！」

フロアに出たとたん、荒々しい叫び声にぼくはびくりと立ちすくむ。

児童カウンター前に、西部劇みたいな構図が展開されていた。

階段側にいるのは、三人の少年だ。ガンマンが構えるみたいに腰を引いて立っている。中学生だろう。かなり着くずしてはいるが、制服を着ている。

彼らと対峙していたのは、五、六人の腕組みした女性たちだ。

お互い、目をそらすと負けだとでもいうふうに、激しくにらみ合っている。

女性陣の中から、ぼくのよく知る人が一歩、前に出た。

とたん、少年たちはそろってぎくりと震える。あれは、構えてるんじゃないな。怖くて腰が引けてるだけだ。

「だから、何なんだって、聞いてんだよ！　あんたたち！」

さっきの荒々しい叫び声が再び響く。

叫んだのは少年、ではなくて、一歩前に出た内海さんだ。

「ここは図書館だよ！　本を読まないんだったら、帰っとくれ、ああ？」

さらに荒々しい声が少年らへ投げつけられる。堂々とお出ましになったのは、早乙女さんだ。

少年たちのこめかみに汗が光る。じりじりと後退を始めたが、

「あのう、図書館では静かにしてください」

と言いながら、ぼくが横から出て行くと、

「「「ぎゃっ」」」

おかしな声を上げて、転がるように階段を下りて行った。

「あ、待ってください、館内では走らないで」

ぼくはそう言ったが、相手は待ってくれない。仕方なく追いかけたけれど、三人の少年は全速力で一階フロアを抜け、図書館の外へ駆けだしていく。

ぼくが前の通りに出たころには、彼らの影(かげ)ははるかに遠く、『さんまいのおふだ』で、やまんばが最後に化けた豆ぐらい小さく見えた。


いくらなんでも、「ぎゃっ」はひどいなと薄く傷つきつつ、ぼくは図書館にもどった。

二階に上がると、館長と数人の職員がいて、おかあさん方に事情を聞いている。

「すっごく怖かったですう。不良の子がいきなり入ってきて、うちの子たちを脅(おど)したんですう」

内海さんが両手をもみしぼって、か細い声でいろいろ館長に訴(うった)えていた。後ろで見ていたぼくと目が合うと、一瞬、謎めいた微笑(ほほえ)みを浮かべた。

うろたえつつ、ぼくも館長に手早く状況(じょうきょう)を説明した。最初に倒れた少年は、たぶんさっきの三人組に乱暴なことをされて、図書館に逃げこんだのでは、との推測も話した。

「今、保存書庫に避難させています。大勢の大人に囲まれるのも、怖がるかもしれませんので、ちょっとぼく、ひとりで話してきます。必要ならば、彼を家へ送り届けるなり、保護者か医療機関に連絡するなり判断します」

「お願いします、犬上さん。今やってる仕事は引き継ぎますから」

館長のお許しを得て、ぼくは再び保存書庫へ向かった。

ぼくが入って行くと、少年はがたり、と音をさせて立ち上がった。

「うーんと、あの三人組は追い払いましたよ。最強のおかあさん軍団がね」

ぼくが言うと、ちょっと咳きこんだような声を上げた。どうやら、笑ったみたいだ。

「うん、知ってる。この窓から見てた」

少年はフロアへ通じる窓を指差す。そこからはちょうど、階段前やカウンターがよく見える。薄くガラス戸が開いていたから、声も聞こえていただろう。

「体はどう？　痛かったり、頭打ったりしてないですか？」

ぼくが近づくと、少年は首を左右に振って、そのますますとんと椅子に腰を落とした。

ぼくは奥から丸椅子をひとつ持ってきて、彼の正面に座った。

「もうちょっとしてから、お家に帰りましょうか。送っていきます」

返事はない。少年は大きな目をまん丸くして、ひたすらぼくの顔を見つめていた。

いつの間にか現れた小さなケンが、薄暗いすみっこでしょんぼりしている。

「ああ、落ち着いて初めて顔のアザに気がついたんだね。それは怖くても仕方がないね」

ケンだけに聞こえる声でささやいて、ぼくはつまらなそうな顔を作った。

ぼくが微笑むとかえって不気味で怖いって、誰に言われたんだっけかな。まあいい、そんなことは大昔の話だ。今はどうでもいい。

少年はしばらく、ぼくの顔に釘付け(くぎづ)だったけれど、やっと目が覚めたみたいにぱちぱちとまばたきをした。

「おれ、おじさ……えっと、おにいさんに会ったことあるよ」

「え、そうなの?」

ぼくも改めて少年を見直す。

タオルでふいたらしく、顔の泥はずいぶんきれいになっていた。肌(はだ)が白く、首や肩が華奢(きゃしゃ)なので、女の子みたいにも見える。少し長めの髪は茶色でくるくる巻毛になっていた。

「あれ、君……前に図書館に来てたね」

ぼくが言うと、目を細めてにっと笑った。

「うん、覚えてる? すんごい昔だけど。おばけトンネルくぐったよ」

「ああ!」

図書館員にあるまじき大声で、

「「こわいおはなし会！」」

少年と同時に叫んでしまった。

夏の恒例行事「こわいおはなし会」で、初めておばけトンネルを作ったのは、五年か六年前だ。長机と新聞紙で囲った簡易なトンネルだけど、怖いおはなしのあとにくぐらせたら、子どもたちはきゃあきゃあ騒いで大ウケしてくれた。今では、ほかの図書館でも行われる定番アトラクションになっている。

そのとききゃあきゃあ何十回とくぐってくれた彼は、年長さんくらいだったかな、でも、色白の顔と巻毛の髪はまるで変わっていない。

「うわ、大きくなったねえ、何歳？　おかあさんはお元気？」

つい、高い声で質問を繰り出して、ドン引かれた。それでも、少年は低い声で教えてくれた。

「……中一だけど」


そのあと少し休んでから、彼を家まで送っていった。

街路樹のイチョウはわずかに色づき始めている。

彼は、ぼくに敵意や害がないと悟ったらしい。自らについて、いろいろ話してくれた。

名前は富田アレクセイ。父は日本人だが、母親が米国出身なので、

「昔から、いろんな場所で浮きまくってて。名前や顔や髪の色や、あとおれのこのおしゃべりも、

なんかまわりの子とちがうんだってさ。けどまあ、小学校までは友だちも多かったし、バレンタインにはチョコもらいまくったし、毎日、それは楽しくほがらかに暮らしておりました」

そんなふうに言って、くくくと笑った。

並んで歩きながら、ぼくが言った。

「毎週の定例おはなし会にも、君はおかあさんと来てくれてたね。覚えてるよ」

富田少年は、ぼくの顔を斜めに見上げる。

「ねえ、人にすぐ顔を覚えられるって、長所だと思う？　てか、ヤなことのが多くない？」

ストレートに聞かれて、ぼくはとまどう。

ぼくを見上げる彼の、言いたいことがわかってしまう。彼からしたら、ぼくは「同類」で、それはたしかにそうかもしれないけど、ぼくと彼とではカテゴリからして全然違うし。

富田少年はひとり言のように声を低くする。

「人がいっぱいいるとこで振り返ってまで二度見されるとか、学校でシッコしてんののぞかれるとか、ヤなこととしかねえよ、まったく」

「そうそう、あるある」

並んで歩くケンが、激しく何度もうなずいてる。

「あと、やたらハローハローとか、おはしの使い方うまいですね、とかいわれたり」

「それはないなあ」

ケンはうなずくのをやめた。

ぼくはよく晴れた秋の空を見上げ、言葉を選んで話す。

「うーん、でも長所もあるよ。だって、富田君もぼくのこと覚えててくれて、うれしかったし」

「は？　何それ、何のメリットよ？」

大げさに聞き返しながらも、富田君は笑いだした。


去年の秋を思い出していたぼくに、ケンがささやく。

「富田君はそれから、毎日のように朝から図書館に来たね」

「うん。中学のことはほとんど話さなかったけど、何があったかはだいたいわかる」

「君はだれよりも、そういうのがわかるよね」

ぼくはケンを無視して、階段横のスペースを占領しているブックトラックを押しやり、大量の寄贈本が詰まった段ボール箱もそろえて積みなおす。これ、近々手をつけなくちゃまずいな。

「あの子、君と話すときは明るいんだけど、ほかの人が来るとひどくおびえた」

ケンは段ボール箱の上にひざをかかえて座っている。

「よっぽど、こわい目にあったんだろうな。そのうち、勝手に保存書庫の中に入って、かくれるようになっちゃった」

そんな日が何日か続いた。

とうとうある日、彼のおかあさんと中学校の担任が来館した。

富田君はすぐさま保存書庫へ逃げこみ、おふたりと、当時の館長と、ぼくとで話し合いみたいなことになった。

段ボール箱の上のケンは、思い出してため息をつく。

「大変だったね。おかあさんと先生は、図書館にいる富田君は、家や学校にいるときよりずっとおとなしくてごきげんだから、このままいさせてほしいってお願いしてきて、館長さんはそんなのずっとは無理ですって断りたくって、おはなしはずいぶん長く続いたね」

ぼくは段ボール箱に手をついて、ぼんやりつぶやく。

「富田君は、入学直後に見た目をからかわれケンカになった。その後、不良グループに目をつけられ、ほとんど中学に通えていない。おかあさんが言うには、家庭でも暴れたり物を壊(こわ)したり不安定な状態だったとか」

ケンはぼくの顔をのぞきこむ。

「それで、とうとう君がいったんだ。『息子さんと話をさせてください』って」

そうだった。ぼくは保存書庫にいる富田君と、ふたりきりでいろいろ話をした。

図書館のルールと職員に従うこと。学校から出されたワークやタスクをきちんとやること。無理に来館しないこと。問題が起こったらすぐに知らせること……などなど。

長々した説明のあとに、ぼくは富田君に言った。

「それを守ってくれるなら、保存書庫の中にいてもいい。ぼくも君を守るよ」

　ぼくを見上げたときの彼の表情は、今も忘れられない。

「やっと船に引っぱり上げられた、おぼれてた人って、顔だったね」

「それは、勝手な思いこみだ」

　そのあとはなかなかややこしかった。ぼくは、館長やほかの職員に一斉に文句を言われた。職場会で吊るし上げられそうにもなった。

　けれど、ぼくは一歩も譲らなかった。

「君は一見気弱そうだけど、実はロバみたいにがんこなんだな」

「あの子のあんな顔を見たあとで、撤回なんてできっこない」

　ぼくが図書館で一番のベテランだったせいか、賛成してくれた職員も複数いて、なんとなく話は収まった。

　でも、それはあくまでもグレーな運用だ。特に中央図書館の事務方トップ、清見次長には知らせないようにと、ぼくら賛成派は当時の館長に言い含めた。

「いたずらに事を荒立てる必要はありません。あの子は偶然ここに来ただけです」

「次長はマジで頭がかたいから」

「そのうえ我々が白と言えば絶対黒って言いたがる人だから、馬鹿正直に話したら大騒ぎして、館長が大変になりますよ」

とんだ圧力だったと思う。館長には心労だったろう。

ケンはちょっと笑った。

「きよみさんってさ、ここの図書館の館長さんだったのに、図書館のことあんま好きじゃないみたいだね」

「いや、あの人が嫌いなのはぼくだよ。ぼくもあの人のことはあんまり……」

つい出てしまった言葉の残りを飲みこんで、ぼくは突き当たりのドアを押す。

この中が保存書庫だ。


あれから半年か。

今日も富田君は中学の制服を着て、教科書の入ったカバンを持って、図書館へ通って来る。

保存書庫の薄暗い奥へ、ぼくは声をかけた。

「おはよう、スタビンズ君」

「おはよっす、犬上さん」

富田君は、作業用デスクの席で明るく手を振った。

その手には岩波少年文庫がある。

「どこまでいった?」

集密書架を開き、レシートの本をピックアップしながら、ぼくは聞いた。

「えっとね、郵便局が終わって、今度はサーカス！」

得意そうに、『ドリトル先生のサーカス』を掲げてみせる。ふむ、四作目か。

彼に『ドリトル先生物語』をすすめたのは、ぼくだ。

学校からのプリントも、市販のワークブックも、富田君はすいすい片づけてしまう。そのあとは、デスクに突っ伏して寝たり、変な姿勢で体を揺らしてたりと、あまりにも退屈そうだ。

そこで、廃棄済みの本にリサイクルシールを貼ったり、印刷物を折って綴じたりの単純作業を頼んだが、そういう仕事はいつもあるわけじゃない。

日がな一日、薄暗い中でだらけているだけの彼に、ぼくはとうとう言った。

「富田君、ヒマじゃない？」

「超絶ヒマっす。スマホ見ていい？」

「ダメ。図書館でヒマをつぶすなら、いい方法がある。本を読んだら？」

「ええー？」

最初、富田君はひどく不満げだった。

「おれ、本って読んだことない。字ばっかでつまんないんだもん。絵本とかなら読んでやってもいいけど」

「何が好きかな？　乗り物とか恐竜とか、冒険とか動物とか」

「はあ？　小学生じゃあるまいし。『機関車トーマス』とか持ってくんなよ」

「なんだよ、おんしらずの中学生めっ！」

ぼくの足もとで、ケンが地団太踏んでる。

「あーでも、動物は好きかな。特に……犬」

地団太が聞こえたのか、気を遣ったのか、中学生は言い直した。

ぼくは笑ってうなずく。

「そっか、なら犬の絵本を持ってくるよ」

ぼくといっしょにフロアに出たケンは、一目散に向こうの《物語》の棚へ駆けていく。

ぼくは絵本コーナーで『どろんこハリー』と『いぬ　おことわり！』を抜いた。絵もおはなしも素晴らしいけれど、やっぱ子どもっぽいって思われるかなと、『ぼくのいぬがまいごです！』と『犬の生活』を追加した。《64　ちくさん・ペット》の棚へ回って、『イヌのいいぶん』、図鑑の『イヌ・ネコ』、《やさしいよみもの》の棚からは、『りっぱな犬になる方法＋1』。保存書庫にもどって集密書架を開く。ちょっと古いけど、図版が多く読みやすいだろうと『イヌ科の動物事典』を抜く。

「これも」

ケンの選んだ一冊を加えて、都合九冊をどさりとデスクに置いた。

「どうぞ、犬の本です」

「げ、なんだよ三分ぐらいしかたってないのに」

富田君はかなり引いた様子だ。

「えへんえへん」

人差し指で鼻の下をこすって、ケンが偉そうに咳ばらいした。


一階カウンターの仕事を終えて、ぼくが保存書庫へ入ると、富田君はデスクに突っ伏していた。かたわらには犬の本が積み重なったままだ。

初手から圧をかけ過ぎちゃったかなと、ぼくがおそるおそる近づくと、いきなりがばりと体を起こした。

ぼくは思わずのけぞる。富田君の顔は真っ赤で、涙と鼻水でぐじゅぐじゅだ。

「どした……何かあった？」

エプロンからポケットティッシュを出して渡す。ひっくひっくと泣きじゃくりながら、富田君はティッシュを受け取り束のまま顔を押し当てた。

「うう、ひどい、ひどい話だ、めちゃくちゃだ……」

「ええ、どうした、誰かここに来たの？　何か言われた？」

おろおろしていたぼくだけど、彼の前に一冊の本があるのに気がつく。表紙を見てやっと状況を理解した。

「ああ、これ、最後まで読んだの？」

ぼくはその本、『マヤの一生』を取り上げる。ケンが《物語》の棚から持ってきた本だ。戦争中の飼い犬がたどった、悲しい運命の物語だ。

ぼくは心の中で笑った。からかう気持ちじゃない。富田君がこの本を読んで、こんなに感じ入ってくれたことがうれしかった。

後日、彼はぼくに話してくれた。富田君は中学入学と同時に、生まれたときからそばにいた飼い犬を亡くした。家にいると犬のことを思い出し、悲しくなってしまうとも打ち明けられた。知らなかったとはいえ、心の傷をえぐるようなことをしてしまった。ぼくは謝ったが、

「ううん、あんとき泣いてすっきりした。かなりハズかったけど。それに、字を読んだだけなのに、ここがうおんうおんって動いたからびっくりした」

彼は笑いながら、自分の胸をこぶしで叩いた。

それから毎朝、ぼくは本を数冊選んで、保存書庫の作業デスクに置いた。ビジュアル多めの本が多かったけど、そのうち、富田君からリクエストが入った。

「字の本でさ、すっごく長いの読んでみたくなった。終わらないくらい長ーい本ってある？」

「あるよ。動物がたくさん出てくる本がいいかな？」

「うん。それで……そんなにむずかしくなくて、少しは絵があるといいな」

そんなわけで、彼は『ドリトル先生物語』にたどり着いた。

今では、ぼくが持ってこなくても、ほかの利用者の少ない朝を狙って、自分でシリーズの続き

をフロアからとってくる。

「これ、実に十三冊もあるんだぜ。じいさんになるまでには、読み終わりたい」

なんて言いながらも、なかなか楽しそうだ。毎日、ゆっくりながら懸命(けんめい)に字を追っている。

そんな彼を、ぼくはドリトル先生の助手の少年の名前で呼ぶことにした。

「富田さんちの、トミー・スタビンズ君」

「なんだよう、それ」

と言われたものの、怒られはしなかった。


新年度最初のわたわたごたごたも、「こどもの読書週間」と大型連休の合わせ技も、ようやく過ぎた。新小学一年生の図書館見学と学校訪問という、大イベントも終わった。

このごろは、平日午前中の児童室の空気みたいに、児童担当のぼくも比較的(ひかくてき)のんびり仕事ができる。保存書庫への通路をふさいでいた寄贈図書の山すらあらかた片づけた。

やはり、経験豊富な内海さんと、奥井さんが児童担当についてくれたのが大きい。このふたりへの信頼感は半端(はんぱ)ない。

ぼくは午後の児童カウンターについた。

ここからは、フロア全体が見渡せる。突き当たりの大窓の向こうには、アケボノスギの巨木(きょぼく)が見える。若い緑の葉がさわさわ、初夏の陽光がちらちら、のどかに揺れている。

昼飯時で、かつ小学校の下校時刻もまだなので、フロアには利用者がいない。

ぼくはこっそり私用の紙ファイルを持ちこみ、絵本コーナーから数冊取ってきて、レポートの下調べに取りかかった。

ケンはカウンターにだらしなくひじをついている。

「今さら、勉強したってしょうがないじゃん。君は来年の三月までしか、図書館におつとめできないのに」

ぼくは、参考の絵本から顔を上げた。

「最後だからこそ、ちゃんとしたものを冊子にして残したいんだ。人がいなくなっても、こうやって勉強したことを書き残しておけば、あとの人が読んで学べるんだ。知らなかった？　本、ていう形式なんだけど」

ケンはあきれたように肩をすくめる。

有志の図書館員たちが開く児童サービスの勉強会に、ぼくは数年前から参加している。文字通り、仕事の上でとても勉強になる会だ。

イベントのプログラム作りのヒントとか、読み聞かせで評判のいい絵本とか、新刊本の評価とか、昨今の教育問題や子どもらの流行とか、情報やテクニックを共有できる。

ケンはカウンター上の絵本を開いてぱらぱらめくる。

「ふうん。でも、君はお勉強よりも、そのあとの飲み会が楽しいんだろ？」

ぼくは苦笑する。ケンから絵本を取り上げ、書誌データをファイルに書きこむ。

「それだって、仕事のためだよ。みんなと顔見知りになって、飲み食いしながらリラックスして、いろんな話を聞いたり、したりするのは、仕事にとっても役立つんだよ。子どもにはまだわからないだろうけど」

「へえ、いつの間にか、りっぱな大人におなりなんですねえ」

ちゃかしたケンだけど、階段の方の気配に気がついた。

「来たよ、あの子」

ぼくはファイルを脇に寄せ、軽く手を上げて挨拶する。

「こんちは、ひなさん」

階段を上ってきた色白の女の子は、上気した笑顔を向ける。

「こんちは、イヌガミさん」

ぱっちん、といつものハイタッチ。女の子のひとつにしばった長い髪が、しゃらんと揺れた。

小学四年生のひなさんは、病気の影響で小学校を四時間目で早退する。家に帰る途上で、毎日のように図書館に寄ってくれる。

本とおしゃべりが大好きな子だ。さっそくカウンターの上の絵本に目を留め、そのタイトルを読み上げる。

「『ジェシカがいちばん』、『アルド』……『ふしぎな　ともだち』」

「この三冊、テーマが似てるんだよ。どれにも、主人公の子にしか見えない、不思議な友だちが出てくる」

ぼくが教えると、ひなさんは瞳の奥をちらちら揺らし絵本を見つめた。

「見ていい？」

「もちろん、三冊ともどうぞ」

ぼくが差し出すと、実にうれしそうにかかえて、奥の閲覧テーブルへ運んでいく。

この子に限らず、多くの子どもは、心の内が素直に表情や態度に現れる。そんな瞬間に居合わせられるのが、ぼくの仕事のいいところだ。

後ろの事務室から、内海さんが出てきた。ひなさんに気がついて、笑顔で手を振る。

「こんにちは、ひなちゃーん」

ひなさんはぺこんとおざなりに頭を下げ、何かごにょごにょ言いながら、絵本の世界にもどった。ああいうふうに、ひとつのことに気を取られてる子どもって、とてもいいな。

微笑ましくひなさんを見ていたけれど、急に影と気配と、花のようないい香りを感じた。

「……あ」

端末のデスクに手をついて、内海さんがぼくのファイルをのぞきこんでいた。キーボードに置いたぼくの右手の小指に、彼女の手がわずかに重なり……温かい。

ぼくは呼吸を止めた。いきなり全身が汗まみれになった気がして、そのにおいをかがれたらどうしよう。いや、その場合、ぼくが呼吸を止めたってまったく意味がないのだが。

耳もとに、空気の流れを感じる。内海さんがささやいたのだ。

「これ、次の勉強会の？」

「ええ、まあ……」

ぼくはまずそっと手を下ろす。それからそろーっと椅子をすべらせて、カウンター斜め後ろの辞書・事典の棚の前まで逃げた。

なんとか標準的なパーソナルスペースを確保したものの、耳や顔がかっかと熱い。それがまた恥ずかしくって、全身が熱と汗まみれになる。

「……そうです」

彼女はさらに身をかがめて、ぼくのファイルを読んだ。

「ほほう、『児童書におけるイマジナリーフレンドの変遷』ですか。ニッチなテーマだこと」

「はは、」

ぼくは苦笑いするしかない。

「今ね、ちょっとフィールドワーク中」

「え？」

向こうでひなさんが絵本から顔を上げて、ふう、とため息をついた。

「読んだー」

三冊かかえて、元気に返しにきた。

ひなさんが帰ってしばらくすると、だんだん小学校低学年の子たちや、幼児・乳児とその保護者など、利用者がもどって来た。

貸出・返却、問合せもそれなりにある。ぼくはレポート用のファイルや絵本をしまって、カウンター業務に専念した。

それにしても。なんだったのだ、さっきは。

利用者が途切れたときなど、ふいにぼんやり考えてしまう。

知らないうちに自分の右の小指をつかんでいて、はっと離したり、まわりをきょろきょろ見まわしたり、不審な動きをしてしまう。

いや、カン違いするな。人と接する距離が近かったり、どこかに軽く触れたりするのは、彼女のデフォルトなんだから……きっと……たぶん。

「そうかな？」

ケンが端末のモニタの上に座っている。

「さっきのなんて、ほとんど耳に口がつきそうだったよ。ほかの男に、うつみさんがそうしてるのって、見たことある？」

「……いや、あの……見たくないよ」

うろたえるぼくを、ケンはさらに追及する。

「君のアザのある方の手に指をくっつけてたね、そんな女の人今までいた？　さっきだけじゃないよね、四月から、ううん、そのずっと前から、うつみさんは君に近寄ってきたり、よくわかんない顔で見てきたりしてるよね、これって」

ちょうどそのとき、エレベーターの方からベビーカーがやって来た。三つ子の赤ん坊と、五人きょうだい分の返却本を満載した、早乙女さんだ。

ぼくは席から飛び上がり、

「こんにちはっ」

大量の返却本をカウンターに載せる手伝いにかかった。

そんな感じにいろいろ、思いもよらないハプニングやイレギュラーバウンド、心配事もあるけれど、ぼくの図書館での仕事はおおむね、平和になごやかに続いた。


五月も半ばにかかった、夕方のことだ。

午後のカウンター業務を夜番に引き継いで、ぼくは階段を上った。

保存書庫へ入って、スタビンズ君がちゃんと帰ったかチェックしてから、児童室の返却本を書架へもどす配架作業にかかった。

途中で、内海さんが階段を上がってくるのが見えた。ちらりとぼくに振り向いて、にこりと微笑む。ぼくは表情を変えなかったが、胸の内はかすかに波立ってしまう。

配架はすぐに終わってしまった。さて、このあとどうしよう。

久しぶりに定時で帰ろうか。でもそれだと内海さんに「いっしょに帰ろ」とか言われないか、いや、言われてもいいけど、彼女は濯君のお迎えがあるし、そのあとどうなるとかは全然ない、いや期待してるのかそれこそみっともない、ええい、面倒(めんどう)くさい、手を付けていた修理、切りのいいところまでやっていくか……などなど内側はざわざわ忙しいながら、外側はいつものつまらなそうな顔で事務室に入り、自席についた。引き出しを開くと、イベントで配ったしおり、付箋(ふせん)やペンなどの文房具、修理用のテープやシールがごちゃごちゃなので片づけだす。そこへ、

ぶーん、ぶーん……、

ぼくのカバンの中から、バイブレーション音が響いた。珍(めずら)しく電話か。

発信者名を見て、ぼくは席を立つ。奥の休憩室(きゅうけいしつ)で通話ボタンを押した。

「なんだよ、ばあちゃん。おれまだ仕事だぞ」

少しいら立った声を出してしまったが、電話の相手はばあちゃんじゃなかった。

——健介、あのね。今、話せる?

「千鶴(ちづる)？　うん、だいじょぶだあ、どした？」

聞き返すぼくに、ふたつ年上のいとこの声は変に落ち着いて聞こえた。

——じいちゃん、亡くなったんだわ。

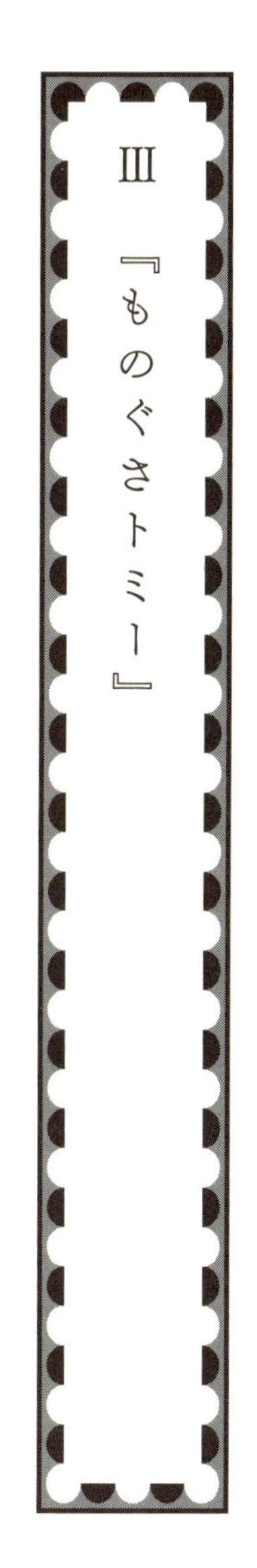

Ⅲ 『ものぐさトミー』

もう夜の七時だけど、サッシ戸を開け放しても寒くない。

ぼくはひとり、実家の縁側にぼんやり座っていた。

昼間とは大違いの静けさだ。今、この家にいるのは、ばあちゃんとぼくだけ……あ、たぶん小さなケンは、奥で疲れて寝ているばあちゃんに寄り添っているんだろう。

縁側はばあちゃんの庭に面していて、庭は花盛りだ。真っ白なクレマチスとマーガレット、赤いハナミズキとニチニチソウ、ラベンダーの群れもすっかりそろって青い。

しかし、今年もこんなに咲いていたなんて、ぼくは今初めて気がついた。

千鶴の電話を受け、車で実家に駆けつけてから、一週間はたったのに。

あまりにも時間の流れが目まぐるしく、対面した出来事が多く、記憶は早送り映像のようだ。絵になって思い浮かべられる場面はたくさんあるが、ぱっぱ、ぱっぱと映るだけ、その間が飛んでいる。

花盛りの庭が、夕暮れの闇に沈んでいく。ただ、花の香りは昼間より強い気がした。

「ん？」

ぼくは闇の向こうへ目と耳を澄ます。下の道に誰か来た。石段を踏みしめる足音がする。花をかきわけるようにして、庭から入ってきたのはハセだ。

「おっす」

ぼくが先に声をかけると、小学校からの腐れ縁の友人は神妙な顔だ。ぼくの前で、きちんと背筋を伸ばし気をつけの姿勢をとる。

「この度は、ごしゅ、しゅしょう、さまでした」

「ご愁傷様、な」

ぼくが訂正すると、いつものように目を細め笑いかけたが、すぐ引っこめた。

ハセなりに気を遣ってるんだろう。

「葬式に行けなくてごめん」

ハセは、いつもぼくの家に来るときそうするように、縁側に腰かけた。グレーの作業服からふわりと木の香りがした。

ぼくも姿勢を正し、一応礼をした。

「かえってすまない。遠くの現場に行ってたんだろ」

ハセこと、長谷川平良は中学卒業してすぐ、大工の親方に弟子入りした。今は、関連の建築会社に就職して正社員になったと聞いた。

「まあね、けど、ケンのじいちゃんは、おれにとってもじいちゃんだから」

部屋に上がって焼香したあと、ハセは紙袋から日本酒の一升瓶を取り出した。

ぼくは台所へ立って、お煮しめとか芋の天ぷらとか、余り物のおかずを持ってきた。

祭壇の前で、ひっそり飲み始める。ちゃんとした杯が探せなくて、お茶の湯呑に日本酒を注ぎ合う。こういうのって、なんだか『鬼平犯科帳』っぽいなと思う。

口に含むと、室温の酒は夜の庭の空気みたいに濃厚だ。

「しかし、急だったな」

いつもごちゃごちゃうるさいハセも、さすがに口数が少ない。

「ゴールデンウイークに……」

言いかけたら、喉が詰まった。

図書館は休日・祝日にも開館するけど、職員には飛び石ながら休みがあった。それなのに、ぼくは一日もここに帰らなかった。どうせ、お盆に帰るからいいやと思っていた。

そのころはじいちゃん、元気だったのに。

無理やり酒を飲み下し、ぼくはちょっと笑った。

「いや、とにかくこの一週間は忙しかった。花だ祭壇だ写真だと、葬儀屋には矢継ぎ早に判断を迫られるし、今度は親戚や知り合いに電話をかけまくって、あとは役所だ年金だ保険だのの手続き、クレジットカードを止めろいや、まだ銀行には連絡するなとか、とにかくやんなきゃなんないことばっかで」

「ケンとこは、親戚の人多そうだもんな。骨肉の争いみたいになんなかったの？」

「まさか、『犬神家の一族』じゃないんだから」

ぼくもハセも笑った。

「どっちかっていうと、助かることの方が多かった。葬式の経験者も多いし、手続きも手分けしてできたし、近所のおばちゃん連中はやたらと食いもん持ってきてくれるし、これもそうだ」

お煮しめのこんにゃくを箸でつまんでみせた。

同じ敷地に、定年退職した裕彦おじちゃんが数年前に建てた家があり、近所はほとんど知り合いか親戚だ。ぼくがひとり暮らしのアパートにもどっても、ばあちゃんは困らないはずだ。

ただ、そういうのに、自分が甘えている気がしないではないけれど。

しばらく黙って飲んだり食ったりしていたが、ハセが急に叫んだ。

「やばっ、おれ、こういうのよく知らなくて。おい、ケン湯呑もう一個ない？」

「ああ、そっか」

やっとぼくも理解して、台所に立つ。湯呑を持ってくると、ハセはなみなみ酒を注ぎ、祭壇のじいちゃんの写真の前に置いた。正座して合掌する。

「ごめん、先にケンとお毒見しちゃいました。おれの持ってきた酒飲んでな、じいちゃん」

「じいちゃんは、帰ってきてからとぎれなく酒だビールだ供えられてんだから、気を遣わなくてもいいんだよ。たまに休肝日もないと健康に悪い」

ぼくが言うと、ハセは声を押し殺して笑った。でも、再び写真に合掌する。

「おれが大工になれたのは、ケンのじいちゃんのおかげだから。その節はどうもありがとうございました」

そうだった。畑仕事のかたわら、じいちゃんは近所に頼まれ、簡単な大工仕事もしていた。プロの大工さんたちとも親交があった。

「ハセんとこの親方、うちのじいちゃんが紹介したんだもんな」

ハセはくるっとぼくに振り向く。

「それも大アリなんだけど、やっぱきっかけは本棚にあるわけよ」

「あ……え？　本棚って、あの本棚？」

ハセはテーブルにもどって来て、手酌でどぶどぶ湯呑に注ぐ。

「そ、あの本棚。あれで、おれは大工になろうと決めたわけよ」

しなしなの芋の天ぷらをほおばり、がぶりと酒を飲んだ。

ぼくも酒を飲んでから、ハセにうなずく。

「なら、おれもあの本棚のおかげで、図書館員になったわけかも」

ゆるゆると、小学校時代の話になる。

ハセとぼくは、実にわかりやすく、いじめっ子といじめられっ子だった。

ハセは「魔王」と呼ばれた札付きのワルで、勉強は壊滅的にできなかったが、恐怖政治でクラスを制圧していた。

一方ぼくは、この見た目のせいで友だちはひとりもなく、ただ、本を読んでいるだけの子どもだった。当然、ハセの恰好の標的で、何度もひどい目にあわされた。

ぼくにできることは、ほら穴のようにさびしい図書室に逃げこんで、本を読むだけだった。

転機があったのは、小六の夏休み……いや、その春からかな。

ぼくの小学校に、初めて司書の先生がやって来た。司書先生は、子どものぼくから見たらすごい魔法使いだった。今までのほら穴のような図書室を、たちまち、ぴかぴかで楽しい図書館に変えてしまった。

ぼくは元の図書室にあった数少ない本を、全部読んでいた。それを、司書先生は見つけてくれて、こう言ってくれたんだ。

「あなた、図書室の本を全部読んじゃったのね、すごい、すっごいわ」

その言葉を思い出すと、おっさんになった今でも、ぼくはうっとりしてしまう。

あれは初めて、ぼくが社会的に認められた瞬間だったと思う。

司書先生に認められていい気になったぼくは、図書委員のまねごとを始めた。

司書先生は新しい本をたくさん買ってくれた。それはよかったのだけれど、書架が足りなくなって図書室が段ボール箱でいっぱいになった。困り顔の司書先生を見て、ぼくは思いつく。

自分ひとりで、本棚を作ってみよう、って。

そこでぼくは、真っ先にじいちゃんに相談した。

じいちゃんは手伝いもしなかったが、反対もしなかった。

「廃材なら腐るほどある、古い道具でよけりゃひととおり貸す……まあ、おめえひとりでできるか、いっちょやってみろ」

子どもが気まぐれで始めたことなのに、司書先生にも学校にも受け入れられて、ぼくには夢のようだった。しかし、

「作ってる途中で、ハセに板を割られた」

「まだ怒ってるの、ケン？」

さすがにハセは居心地(いごこち)悪そうな顔になる。湯呑を持ったまま、小声で言う。

「けど、あんときのケンは強かったよ。おれ正直、ケンが怖かった」

「マジか」

「マジだって。こいつキレたら最悪だあって」

ぼくらは初めて取っ組み合いのケンカをした。

あのとき初めて、ぼくは自分の腹の中に「怪獣(かいじゅう)」がいるのを発見したんだと思う。こいつは今

でも、たまに外へ出てきて、ぼくに予想のつかない言動をさせる。

取っ組み合ったふたりの子どもは、最後には先生たちに引き離された。その後、罰だの何だの先生たちが相談して、結果、ぼくとハセとで本棚を作れと命じられた。

「今だったらかなりマズい措置じゃないか。いじめの加害者と被害者をいっしょに……」

ぼくが考えこむと、ハセは鼻で笑った。

「つうか、お前が、おれといっしょに作りたいって言いだしたんだぞ。で、結果オーライだったべ？　ケンの実力じゃ卒業したって、本棚なんて完成しなかった」

そこを突かれると、こっちは弱い。ハセは小学生とは思えないほど、のこぎり引きも釘打ちも器用に上手にできたのだ。

「ハセにあんな特技があるとはね。デストロイに次ぐデストロイ気質だと思ってたのに」

「おい、人を悪の組織の怪人みたいに言うな……言ったよな？　二番目のが大工だったんだ」

田舎特有の濃密なネットワークのおかげで、子どもの耳にもうわさは入る。ハセのおかあさんは、当時何度も結婚と離婚を繰り返していた。

「歴代の中じゃ、おれは一番好きだった。ノコもナグリもいろいろ教えてくれた、やさしいとうちゃんだった、酒さえ飲まなければな、ははは」

乾いた笑い声を立て、ハセは湯呑の酒を飲む。

夏休みのほとんどを費やして、ぼくらは本棚を完成させた。仕上げはじいちゃんがお出ましになり、補強や塗装(とそう)を直接教えてくれた。

件(くだん)の本棚は、二十年近くたった今も、ぼくらの母校でその役割を果たしている。


ぼくらの声と笑いがひっそり響く以外、家の中も庭も静かだった。

一升瓶は半分以上空き、ハセはすっかりリラックスして、畳(たたみ)に寝転んでいる。

そこへ、かすかに自動車のエンジン音が聞こえた。

ハセがぴょんと起き上がり、庭の方を向いた。

「あ、お迎えかも」

石段を上がる足音がして、暗い庭から人影が現れた。

「こんばんはー、うちのいます？」

抱っこ布で赤ちゃんを前に抱いた女の人だ。長い金髪をラフにふたつに結(ゆ)わえている。

「こんばんは、瑠梨(るり)さん。どうぞ、上がってください」

ぼくが言うと、結婚式以来のハセの奥さんはぺこっと頭を下げた。

「ああケンちゃん、このたびはどうもご愁傷様。上がったら、あたしまで飲んじゃいたくなるから、また今度ね」

瑠梨さんはぼくに赤ん坊を見せてくれた。ばたばたしながらも、ご機嫌のご様子だ。

「四か月、ですよね？」

「そう、見てわかる？　ケンちゃんすごいね」

　まあ生まれたときにお祝い送ったからね。

　しかし、「あかちゃんのおはなし会」やブックスタート事業などで鍛(きた)えられたから、平均的な独身男性に比べたら、ぼくは赤ん坊の月齢には詳(くわ)しいかもしれない。

　慣れた手つきで赤ん坊を揺らしながら、瑠梨さんはぼくに笑いかける。

「あ、こないだもらった『ごぶごぶ　ごぼごぼ』だっけか、あの絵本、この子けっこう前からお気に入りなの。一か月ぐらいでじーっと見つめるし、三か月になったら、喜んで丸いとこを指差すんだけど、うちの子、マジで天才かも。どうもありがとう」

　ぼくは思わず微笑んだ。

「それはすごい。これからも、絵本もっと送っていいですか」

「ほんと、うれしい、あたし遠慮(えんりょ)しないよ。よろしくね」

　ぼくにはにこにこしてたけど、瑠梨さんは瞬間的に表情を厳しく改め彼女の夫へ向く。

「ほらタイラ、何やってんの、帰るよ。あと四秒で支度(したく)しないとシメる」

「はいいっ」

　かつて魔王と恐(おそ)れられていた男は、飛び上がるように座敷(ざしき)を出た。勢いがよ過ぎて縁側から庭へ転がり落ち、土の上で靴(くつ)を履(は)いた。

「じゃ、またな、ケン」

「うん、今日はありがとな。ふたりとも、石段で転ばないように気をつけて」

ぼくらはあわただしく別れの挨拶をした。


実家にもどってから、今日で十日目だ。

慶弔休暇と年次休暇をつなげたぼくの休みは今日まで。晩飯食ったら、アパートに帰らなければならない。

こっちでぼくにできることもだいぶ少なくなった。

車の送り迎えの仕事も買い物くらいだし、所縁のある人たちは皆焼香を済ませたらしく、来客もほとんどない。

四十九日の納骨はまだ先だ。家の名義変更や相続みたいなものは年単位の手続きになるので、今じたばたしても仕方がない。

ここ数日のぼくは、ばあちゃんやおばちゃんや千鶴の作った飯を三度三度食って、服を洗濯してもらい、のんべんだらりと過ごしていた。最低限の掃除やゴミ捨て、夕食後の皿洗いぐらいはやるけど、これじゃ、まったく『ものぐさトミー』の生活だよ。

台所仕事とか、畑の草むしりとか夏野菜の収穫とか、何でも手伝うと申し入れたが、千鶴やおばちゃん連中、ばあちゃんにハエのように追い払われた。

「ケンみたいな、図体のでかいのが台所でうろうろしてたら、邪魔」

「おれらは、ちゃんと考えて抜いたり採ったりしてんだから、二度手間だぁ」

ばあちゃん、ぼくがネギの苗を雑草だと間違えて全部抜いちゃったのを、いまだに覚えてるんだ。あれは、ぼくがここに来たばっかの、たしか五歳くらいのときだったけど、ばあちゃんにとってはついおとといぐらいの出来事らしい。

まあでも、ぼくを休ませようとするみんなの配慮だとも、薄々わかってはいる。それでもけっこう傷つくなあ。

同時に、図書館で単純作業の仕事をわざわざ作って、スタビンズ君に割り振っている自分ってけっこう偉いのでは？　とも思う。

今、スタビンズ君どうしているかな。奥井さんと内海さんに任せたから、大丈夫なはずだけど。なんだか、図書館の仕事が恋しい。

……しかし、ヒマだ。アパートから自分の本を持ってくればよかった。

この家には本棚というものがないので、ぼくは、隣の裕彦おじちゃんに借りた『剣客商売』とか、『居眠り磐音』シリーズを読んでいた。

しかし、池波正太郎も佐伯泰英も、大きい男の子向けのラノベだよな。ついつい続けてするする読んでしまう。

ただ、そんなふうにごろごろ横になっているばかりでは落ち着かない。『ものぐさトミー』だって、最後は自分の力で動きだしたんだ。ぼくだってもう少し、人の役に立ちたい。

ふと、蔵の片づけを思いついた。

うちには、一応、「蔵」と呼ばれる建物がある。ずいぶん古く、まわりの土壁が何か所か崩れて中身の竹の骨組みが見えてるくらい。まあ、「蔵」と呼びたければ、「蔵」と呼んでも差し支えはなかろう、という程度の建物だけど。

ぼくの記憶では、蔵に出入りしていたのはじいちゃんだけだった。

おじちゃんおばちゃんたちに聞いても、最近は入ったことがないし、中に何があるのかも知らない、大工仕事をやめたここ十年くらいは、じいちゃんすら出入りしてなかったのではないか、ということだった。

「すっげえお宝が出てくるかもね」

「相続に影響を及ぼすほどのやつな。ケン、がんばれよ」

「じいちゃんの、なんかやばめの趣味のものが出てきたら、ばあちゃんに言うなよ、おれにこっそり教えろ」

おじちゃんやいとこたちはいろいろ口は出してはくるが、誰もいっしょに手伝うとは言ってくれなかった。

「絶対、変な虫わいてるって。くっつけて家に上がってこないでよ、ケン」

千鶴にがみがみ言われたので、ぼくは農作業用のつなぎを着こみ、軍手をはめ、長靴を履いた。顔や頭にはタオルをぐるぐるまいてほこりよけにした。ほこりとりモップと、雑巾と、殺虫剤と、懐中電灯を詰めたリュックサックを背負い、コードレス掃除機を携える。

気分はなんだか『リチャードのりゅうたいじ』か、『エルマーのぼうけん』みたいだな。蔵の中にりゅうがいたら、さて、ぼくはどうするかな。


ばあちゃんから鍵を借りて、いざ、と蔵の前に立つ。

重い扉はなんとか開いた。

中のにおいがつんと鼻をついたが、カビくさいわけではない。これは、最近かいだにおい……木の香りだ。

懐中電灯で壁にスイッチを見つけて、ぱちんとはじいたが何も起こらない。

しかし、だんだん目が慣れてきたのか、扉からの光だけで中が見渡せるようになる。

「きれい、だな」

ぼくは顔のタオルをとった。

そんなに広い場所ではないが、きちんと片づいている。

手前には、低いテーブルと棚があり、じいちゃんの大工道具が並んでいた。

そっとテーブルに手を置くと、木の粉やおがくずが軍手にくっつく。

「ここでじいちゃん、よく鉋やすりをかけていた」

ぼくの目の前に、記憶が一幅の絵のようによみがえる。

外では雨が降っていて、屋根をさわさわ鳴らしている。蛍光灯の白い明かりのもと、じいちゃんは背中を向けて、一心に作業している。ぼくはずいぶん幼い。たぶん、小学校に入る前、四、五歳だろう。おがくずまみれの床に直に座って、木っ端を、馬や人形に見立て動かして遊んでいる。雨の音と、じいちゃんの道具の音以外、何も聞こえない。木の香りが強く、寒くも暑くもない。とても静かで、心穏やかな時間と空間だ。

どうして、今まで忘れていたんだろう。

四、五歳ならば、ここに連れてこられたばかりのころか。その前の暮らしに比べたら、心穏やかなのは当然で……ぼくは数度首を振って、考えるのをやめた。思い出の沼にはまっていたら、現実にもどれなくなりそうで怖い。

じいちゃんが大工仕事をやめてずいぶんたつ。それを考えると、木の粉やおがくずすら、このままここにとどめておきたくなる。

それじゃあ、何の役にも立たないよと自分にツッコミながら、奥へ進んだ。

奥も片づいていた。

スペースぴったりの木製の棚は、きっとじいちゃんお手製だろう。いろんな大きさの段ボール箱や木箱や包み、小さなタンス、郷土博物館で見るような形のストーブやラジオ、その他農機具かと思われる品々が整然と並ぶ。

さすがに、どれにもうっすらほこりがたまっていた。

もう一度、タオルを頭や顔に巻きつけ、手の届く範囲の箱や包みを開けてみる。

質素な食器や衣服、こっちには紳士用の帽子、この緑の網みたいなものは何だろう……ああ、蚊帳か。こんなの初めて見た。ここはちょっとした、タイムカプセルだな。

ただ、おじちゃんたちが期待する値打ちものや、秘密の趣味アイテムなどはなさそうだ。じいちゃんと同じだ。古くておもしろみもないけれど、実用本位でちゃんとしている。

しばらく見て回り、そろそろ外へ出ようとしたところ、ふと、上の段にいくつかの木箱があるのに気がついた。

ほかのものと比べ、造りがさらに古く上等な感じがする。骨董品を入れたら似合う、釘を使わず木を組み合わせた箱だ。高級そうな紺や茶色の紐もかかっている。

「これは、ひょっとしてひょっとするかも」

いったん蔵を出て、現役の物置から脚立を運んできた。

箱のひとつを持って下ろそうとするが、思ったよりずっと重い。みっしり詰まっている感じだ。ひとりで下ろすのは危険そうなので、棚に置いたまま紐をほどき、そっとふたを開けた。ごわごわした茶色の紙に覆われている。もどかしく軍手を脱ぎ捨て、包みを開いた。

強い樟脳の香りとともに、中にあったのは本だ。

本といっても、一般的な書店やぼくの図書館にあるものとは違う。端を細い紙紐で綴じた、時代劇に出てきそうな和装本だ。それが箱のふちまでびっしり何冊も詰まっている。

一冊だけ取り出し、脚立の上で表紙を見る。和装本らしく、表紙の左端に細長い紙が貼られ、そこに表題が書かれていた。

　かなり古いものらしいが、文字は墨蹟（ぼくせき）鮮（あざ）やか、黒々とはっきりしている。しかし、悲しいかな、流麗（りゅうれい）過ぎてぼくにはまったく読めない。

　ただ、ふたつだけなんとなく見当のつく文字が。

「えっと……犬？　咬（かみ）？」

　脚立の上で、ぼくはしばらく考えこむ。

　これがぼくの希望的観測でなく、本当に「犬咬」と読むのならば、それには激しく覚えがある。えっと、なんだっけ、あの本……アパートのどっかにあるはず……。

　その場で携帯を取り出し、表紙の写真を撮（と）った。中身を見ようと数枚めくったが、想定よりずっと薄い紙なので破きそうだ。あきらめて、元の茶色の包みにしまいこんだ。


　そのほか蔵の中の様子も何枚か写真に撮り、それから外へ出てきた。

　結局、ぼくは何の掃除も片づけもしなかった。

　庭でつなぎを脱ぐ。千鶴に、脱ぐまで家に入るなと厳命されていたからだ。

　Tシャツと短パン姿で、つなぎをぱたぱた振っていると、ばあちゃんが縁側にいる。座りこんで、さやえんどうの筋取りをしていた。

「蔵の中、思ったよりきれいだったよ。さすがじいちゃんだな」

ぼくはさっき撮った写真を見せた。

「中途半端に古いものばかりで、お宝みたいなものはなかったけど」

ばあちゃんはうれしそうに何度もうなずいた。

「こりゃあ、当分そのまんまでいいべ」

ぼくは、小さく丸まったばあちゃんの背中を見た。

愚かなぼくは、今やっとわかった。口では言わなかったけど、ばあちゃんはきっと、蔵の中をじいちゃんの触れたままにしておきたいんだ。

「ケン、ごくろうさん、風呂沸いてっから入れ」

ばあちゃんは蔵の鍵とさやえんどうのかごをかかえ、うんとこしょと立ち上がる。

「あ……うん。じゃあ先に入るよ」

そう言ったものの、ぼくは縁側のふちに腰かけ、しばらく足をぶらぶらさせていた。

庭は斜めに差しこむ夕方の光に照らされ、台所から出汁の香りが流れてくる。

なんとなく、上の棚の和装本のことは言いそびれた。

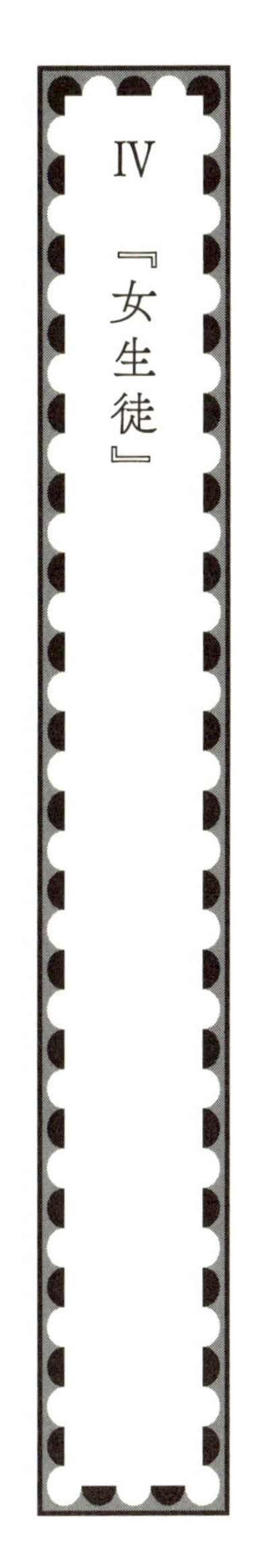

Ⅳ『女生徒』

実家から帰ってきて、ぼくの日常は再開された。

図書館はいつものとおりだ。

スタビンズ君は毎朝やって来て、保存書庫の中で宿題をし、ドリトル先生を読む。

加藤館長はまだ仕事に慣れてなくて、おろおろしっぱなし。

内海さんも相変わらず……というか、ぼくの自意識が相変わらずなのか。ふいにぼくの近いところにいたり、笑いながら肩を叩いてきたりする。


七月になった。梅雨明けはまだだが、今日は晴れ間がのぞいた。

たまには外でランチをと、ぼくはひとり図書館を出た。事務室にいるとなんだかんだ声をかけられて落ち着かない。今日は、じっくり読みたい本があった。

よく行く喫茶マロンが臨時休業だったので、ぼくはちょっと放浪気味になった。

知らない飲食店にひとりで入るのは、今でも緊張する。駅近くのコンビニでいいかと、公園横の道に出たら、正面から女子高校生が大群でやって来た。

ぼくはパニックになり、すぐ横の路地に隠れてしまった。隠れながら何やってんだと、自分で自分の行動がわからない。

近くの女子高がテストかなんかで、この時間に帰るのだろう、なんて思いながら待っていたけれど、女子高校生の群れは一向に途切れない。

しかたがないので、ぼくは常備しているマスクを装着する。パーカのフードをかぶって、なるべくうつむき気味に路地を出た。これはこれで、かえって不気味だ。

そのまま歩き続けたが、けっこう蒸し暑い。これだから夏は嫌いなんだよ。

結果的には、女子高校生の誰ひとり、ぼくになんか一瞥もくれなかった。

たまに、ガキみたいな自意識が過剰にあふれだして、本当にしんどい。太宰の『女生徒』じゃあるまいに。いや、三十近いおっさんの自意識だだ漏れなんて、もとより文学にはならん。

とぼとぼ歩いていたら、向こうから見たことのある子どもがやって来た。

児童室の常連、ひなさんだ。ぼくにまったく気がついていない様子だ。ランドセルの肩紐をぎゅっとにぎって、かなり深刻そうな表情だ。どんどんこっちに来る。

ところが、考えごとに夢中のせいか、彼女の進路はだんだん斜めにそれ、あのままでは車道へはみ出してしまう。

ぼくは早足になって、彼女の前に回った。

とん、と軽くぶつかって、

「きゃ、ごめんなさい」

ひなさんは礼儀（れいぎ）正しく謝った。けど、顔を上げたとたん、おびえた表情であとずさる。

それでやっと、ぼくは自分の独特なファッションを思い出した。そりゃ怖いだろ。

「こんちは、ひなさん」

あせってちょっとばたばたしながら、フードとマスクをとった。

ひなさんはほうっとした様子で笑いだし、すぐに手のひらを向けて、

「こんちはっ」

いつものように、ぱちん、とハイタッチしてくれた。

それから、ふたりでいろいろおしゃべりしたが、ひなさんは急に改まった顔になる。

「ねえ、イヌガミさん、あのね、あのね、お願いがあるの」

ぼくがしゃがんだら、そっと耳打ちされた。

「わたしのお友だちを、図書館に連れてきていい？」

数日後、ひなさんがお友だちを連れてきた。

約束通り、ぼくは同僚にシフトを交代してもらって、その日その時、二階の児童カウンターについていた。

ひなさんのお友だちは、同じ年ごろの子どもとしたら、とてもユニークだ。ヘアバンドやTシャツをラスタカラーで決めて、髪はドレッド、そのうえ、体のあちこちに金のアクセサリーをじゃらじゃらつけている。そんななのに、図書館にだいぶ緊張しているようだ。

その子はひなさんの耳にこそっとつぶやく。

「うち、ちゃんといい子になってる？　おこられない？」

思わず、こちらの頬（ほお）はほころぶ。でも、初対面で微笑んでいたら不気味だろうから、すぐいつものつまらなそうな顔で、ぼくから声をかけた。

「こんちは、ひなさん」

ひなさんはぱっと顔を明るくして、

「こんちは、イヌガミさん」

ぼくとハイタッチした。

次にぼくはお友だちをまっすぐ見て、軽く手を上げる。

「こんちは、ゆんさん」

この子の名前がゆんさんなのと、身分がどこかのお国の「プリンセス」であることは、事前にしっかり、ひなさんから教えていただいていた。

ひなさんのお友だち、ゆんさんは、目をまん丸くしてぼくを見つめた。

名前を知っていたことになのか、アザを見たからなのかはわからないが、大変子どもらしく素

直に驚いている。でもすぐに、にっ、と顔じゅうで笑って、

「こんちはっ！」

ぼくとハイタッチしてくれた。

平日の昼時で、ほかの利用者がいなかったおかげで、ぼくらは好き放題に遊んだ。ひなさんとゆんさんからニューヨーク式の挨拶を教わったり、図書館たんけんと銘打ってぼくが児童室を案内したり、分類番号の当てっこクイズなんかもした。出題するのはもっぱらふたりの子どもで、ぼくだけがやたらと答えさせられる変なクイズ。

ゆんさんはどうやら日本語の読み書きが苦手のようだが、おしゃべりは、ぼくよりよっぽど達者だ。そばにいるだけでも楽しくなる子どもだ。

「ひなさんにいい友だちができて、とてもよかったね」

ケンが出てきて、ぼくにささやく。

《おはなしのこべや》で、ぼくはふたりにせがまれ、何冊か絵本の読み聞かせをした。

最初は、ゆんさんが表紙にひかれて持ってきた『アンディとらいおん』。

二冊目は、ひなさんが持ってきた『きょうはなんのひ?』。女の子が家の中に様々な暗号の手紙を仕掛けるおはなしなんだけど……何気ない顔で絵本を受け取ったものの、ぼくの腹の内はかすかにざわっとする。

ケンが出てきて、こそこそ笑う。

「これ、最初のほうに女の子の歌が入るんだよねえ、はずかしがったら負けだぞ」

「ま、まあ……歌うけど」

歌の部分になると、ぼくはこほんとひとつ咳ばらいをした。それから、すっとんきょうな声を張り上げる。

「しーらないのーしらないのー」

幸いなことに、子どもたちはぼくの歌を大いに楽しんでくれた。ふたりともひっくり返って大笑いした。

ゆんさんは全身全霊（ぜんしんぜんれい）といった姿勢で、絵本の世界に没頭（ぼっとう）する。

その姿を、先輩然としたやさしい視線で見守るひなさん。

読み聞かせの理想の景色だなと思いつつ、ぼくも大いに楽しんで読んだ。

しかし、三冊目の『泣いた赤おに』の内容をめぐって、ふたりは言い争いになる。ゆんさんは、赤おにがひどいと言い張り、ひなさんはそんなことないと応戦、一触即発（いっしょくそくはつ）の空気となって、ぼくが間に入らなければならなかった。

「おいおい、大人がよけいなことすんなよ」

ケンに叱（しか）られた。ふたりはそのあとすぐ仲直りしたから、まったくその通りだ。

「さて、あとは若いおふたりでごゆっくり」

と、ぼくは《おはなしのこべや》を出た。

カウンターにもどると、内海さんが座っていた。

「あ、どもすみませんでした」

ぼくが謝ると、内海さんは首を横に振って立ち上がる。

「ううん、全然お客さん来なかったし」

内海さんはカウンターの前に出て、《おはなしのこべや》の方向をながめた。そこでは相変わらず、ふたりの少女は仲よくくっついて笑いさざめいている。

「ひなちゃんにいいお友だちができて、とてもよかったね」

内海さんはさっきのケンと同じことを言った。

「はい、本当に」

深くうなずいたとたん、喉がぐっと詰まった。不覚にも泣きそうになって、ぼくは内海さんから顔をそむけた。

情けない。じいちゃんのことがあったせいなのか、最近、こんなふうに日常を変に意識して、意味づけて考えることが多くなった。でも、よりによって内海さんの前で、『女生徒』っぷりを発揮してしまうとは。

「おや、どしたどした?」

そうは聞いたけれど、きっと内海さんはなんでもお見通しなんだろう。

「図書館の児童担当って、なかなかいい仕事だよね、ケンちゃん」

ぼくはなんとか持ち直し、つまらなそうな顔を作った。

「はい、本当に」


翌日の朝一に、ゆんさんがひとりで来館した。

ぼくを見つけると、うれしそうに笑って、息継ぎも忘れた様子でしゃべりだす。

「まったくまいっちゃうよみんなカンちがいしがちだけど国王なんてつまんない商売だよなにかちょっとしたものがほしいだけなのに大臣だとか会計係だとか……」

プリンセスのおしゃべりは、くるくる回ってあちこち飛び跳ねるねずみ花火みたいだったけど、ぼくはなんとかその主旨をくみ取った。

「ひなさんの誕生日プレゼントにふさわしいものか、うーん」

考えこむぼくを、ゆんさんは心配そうに見守る。この期待にそむくことはできない。それに、この子が図書館を頼って来てくれたっていうことは、この子がここを楽しくて明るい、また来たい場所だと思ってくれたってことだから……とにかく責任重大なのだ。

考えた末、ぼくは彼女を保存書庫へ連れて行った。

そこでは、いつもの中学生がデスクに突っ伏して眠っていた。そのひじの下に本があったので、ぼくは手を突っこんで引っこ抜いた。

「あいて！」

中学生が跳ね起きる。

「んー困るよスタビンズ君、ページを開いて伏せて置くなんて……本が傷むじゃないか」

ぼくが叱るとスタビンズ君はぶつぶつ口答えをする。

それを適当に流して、

「眠気覚ましに仕事をさせてあげよう。スタビンズ君、ちょっと詰めて」

ぼくは彼の隣にゆんさんを座らせた。

「この人の工作を手伝ってほしいんだ」

「へ？　ちょ、待てよ、イヌガミー」

スタビンズ君の叫びを背に、前回のこうさく会の道具と余った材料をとりに行く。

文句をたらたら言いながらも、スタビンズ君は、小学生女子の工作をかなり親切に手伝ってあげたようだ。

保存書庫から出てきたゆんさんは、心配ごともすっかり晴れて、かなり満足しきった表情だ。

カウンターのぼくに、できあがった作品を見せてくれた。

前回のこうさく会で子どもたちと作ったのは、「ステンドグラス」だ。『色セロハンでつくろう』という工作本を参考に、黒画用紙を様々な形に切り抜き、色セロハンを裏から貼り付けた。

「これはこれは、素晴らしい出来ですね」

ぼくがほめると、ゆんさんは体全体を震わせるようにして笑顔を見せた。お世辞ではない。品数もセンスも、造りの丁寧さもなかなかのものだ。

あとで、スタビンズ君も大いにほめて差し上げなければ。

「プレゼントならラッピングが必要かな。ちょっと待ってね」

ぼくは立ち上がり事務室へ入る。保存期間の過ぎた英字新聞とリボンを持ってきた。カウンターで、ゆんさんの力作を新聞で包み、リボンをかけた。

リボンは、たまたましぶい紫色しかなかったのだが、それでもゆんさんは大変気に入ってくれたようだ。感動の面持ちでこう言われた。

「おじさんって、魔法使いみたいだね。うち、ルーマニアのブカレストで本物の魔女と仲よしだったんだけど、男の魔法使いは初めて見たよ」

おじさんに薄く引っかかりつつ、ぼくは微笑んでみせた。

「ひなさんの誕生会、楽しんできてくださいね」

ぼくの平凡かつかけがえのない『女生徒』っぽい日常は、とつとつとしながらも流れ行く。

昼休み、ひとりで喫茶マロンへ行った。

日替わりランチを注文してから、持ってきた本を開いた。

田中つぐ子著『坂東武者はおもしろい』。素人向けの歴史の本だ。おもに平安末期から鎌倉、南北朝時代にかけての関東の武士や地方豪族についての本で、数年前に中央図書館で見かけ、おもしろいと思って個人的に買った。そういえば、近所の書店になくて、地方の博物館のショップで買ったんだっけ。

久しぶりに読み返したかったんだけど、本はぼくの本棚の多くの積読に紛れて、ぼくは日常のいろいろな手続きにかまけて、手にとる機会がなかなかなかった。つい先日、部屋の片づけをしてたら、変なとこから出てきたんだ。

まず、後ろの索引をめくる。

「い、いぬ、か、み……あった」

ぼくの思い過ごしではなかった。やっぱり、「犬咬」という地方豪族がいたんだ。ページを確認して、本文を開く。

ちょっと肩に力が入る。そうだ、初めて読んだときもこんな気持ちになった。そこにはほんの数行の記述しかなかったけれど。

――『犬咬（イヌカミ）』鎌倉中期より、複数の寄進書、『太平記』にも御家人と並んで、その名が確認されているが、詳細はまったく不明。謎の一族である。

その謎の一族の領地と推察される場所が、現在のぼくの実家の位置に重なっている。

ぼくは携帯の写真ファイルを開く。

五月に蔵の中で撮った、あの和装本の表紙には、「犬咬」の文字があった……？　ゲシュタルト崩壊（ほうかい）なのか、ぼくの考え過ぎなのか、写真を見つめるうちだんだんその毛筆書きの文字が「犬咬」なのか心もとなくなってくる。ぼくは頭をかかえた。ぼくに自信のあることなんて何もない。何もかもがただの気の迷いって気がしてきた。

「はい、シャケのバター焼きお待ちどうさま。また勉強？」

マロンの店主が、日替わり定食を置いたおかげで、ぼくはほっと息がつけた。携帯を差し出し、店主に写真を見せた。

「あの、これって読めますか？」

おしゃれひげの初老の店主はちょっと顔を離して、ぼくの携帯の画面を見つめる。

変なこと聞いちゃったかなと、ぼくは再びあせり始める。

店主は何ほどのこともない、といった声のトーンで言った。

「りゅうりんき、いぬかみ……じろうこまえいぶんげんゆらい……かな」

「え」

ぼくが声をもらすと、

「楷書（かいしょ）で書くとこう」

胸のボールペンを引き抜き、紙ナプキンにさらさら書きつけた。

――竜鱗記犬咬次郎狛衛分限由来

「あ、ありがとう、ございます」

ぼくがやっと礼を言ったころには、店主はカウンターの向こうへ引っこんでいた。


ぼくはうだうだ悩み始めた。

『坂東武者はおもしろい』の著者のプロフィール欄に、田中つぐ子先生の研究室のメールアドレスが載っていたからだ。

アパートに帰り、飯を食い、ベッドに入ってからも悩み続けた。暗い天井を仰いで考える。

これって、素人の一読者がアクセスしても許されるものなんだろうか、「犬咬」が謎の一族であるなら、その資料……史料？　が見つかれば、研究者としてはうれしいのではないか、知らせるべきだよな、やっぱり……いやいや、鎌倉時代って今から七百年以上昔だぞ、当時の文書にしたら、蔵にあった和装本はきれい過ぎる、第一、庶民も庶民の、うちの蔵から出たものなんて……でも、犬咬と犬上、偶然にしたらでき過ぎじゃないか、それに、源頼朝や徳川家康じゃあるまいし、こんな地方武士のニセ文書作ったって意味ないし、かえって信ぴょう性が……しかし、ニセの家系図を作って売りつける商売があるって聞いたことがあるな、じいちゃんのじいちゃんあたりがひっかかって、書いてもらったんじゃ……いやいやうちの先祖に限って、そんなのに興味があるわけない、字だってろくに読めなかったはず……ぼくは頭をかかえる。ほんと、目も脳みそもぐるぐる回って、『ちびくろ・さんぼ』のとらみたいにバターになっちゃいそうだ。

ぼくはむくりと起き上がった。窓を全開したが、外の空気もむっと湿（しめ）っていて、ちっともさわやかじゃない。

ほぼやけくそで、ＰＣを立ち上げた。メーラーを開いて、ぽつぽつ打ちだす。

「えっと、写真を添付（てんぷ）して……」

作業するぼくの肩越しに、ケンがのぞきこむ。

「うわ、本当に送るの？　大学教じゅの人に、本の作者に」

「送る。別にとって食われるわけじゃないし。意味なかったら、向こうで無視するでしょ」

「うわうわ、それって、向こうにしたらずいぶんメイワク……」

ぐずぐず言うケンを無視して、ぼくは送信をクリックした。ふうっと大きく息をついて、ベッドへもどった。

謎のやりきった感、達成感を覚えて、朝までぐっすり眠った。

返信に気がついたのは、その翌週だった。

正直言って、ぼくは自分がメールを送ったことをすっかり忘れていて、ＰＣメールの確認すらしていなかった。

別の用事で久しぶりにPCを立ち上げて、やっと気がついたのだ。

田中つぐ子先生からのメールが二通届いていた。

一通目が届いたのは、ぼくが送った次の日だ。「大変興味深いので、ぜひ現物を確認したい」という旨だった。

二通目は昨日で、「連絡がもらえたらとてもうれしい」とあり、文末には時間帯ごとに複数の電話番号が並んでいた。手短ながら、差し迫った文面に感じた。

ぼう然とするぼくに、ケンがささやく。

「うわうわうわ、もしかして、世紀の大発見なんじゃないの、これって」


ぼくは腹を決め、田中つぐ子教室へ電話を入れた。

――はい、田中つぐ子でございます。あ、犬上さん？　ねえ、犬上さんだって！

電話口の後ろがわちゃわちゃしだして、ぼくの腹がきゅっと痛くなる。

田中先生は、想像よりもかなりカジュアルな人だった。矢継ぎ早に話しだす。

――やっとお電話くれた、本当にありがとうございます。あなたの送ってくださったあれねえ、すごいかもしれないわ、そんでねえ、さっそくなんだけどあなたのその蔵？　その文書を見せていただけるかしら。は？　ではご親族はなんて？　ああそう、ならできるだけ早く確認していただけます？　ええ、はいはい、では、よろしくね……。

電話が切れたとき、汗ですべりそうな携帯をにぎったまま、ぼくは痛む腹を押さえていた。田中先生が一方的に話すばかりで、自分がなんと応対したのかもおぼろげだ。

ただひとつ、はっきりしていることがあった。

田中先生と大学の助手の人たちが、うちの蔵を見に来ることになっちゃった。

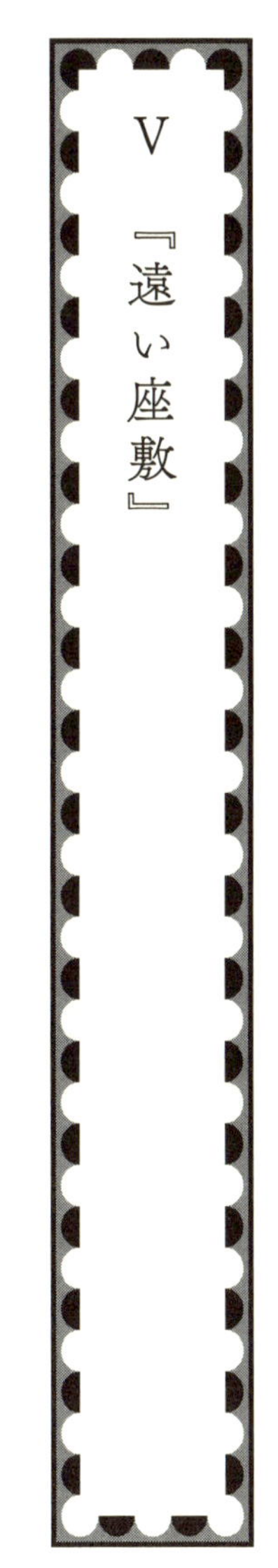

V『遠い座敷』

連絡調整とスケジュール管理を様々済ませ、その日の朝、ぼくは実家に帰った。

犬上家の一族は大喜びだった。ちゃんと伝わったのかはめちゃくちゃ微妙だったけど、「なんかえらい学者の先生がうちの蔵を見に来る」という認識だけはあるようだ。親戚一同、かなり舞い上がっている。

ぼくが到着したころには、大勢がなぜかもう集まって、忙しそうにうれしそうに、掃除やら煮炊きやらにいそしんでいた。

「盆と正月じゃん……」

ぼくはあきれてつぶやいたが、はっとしてばあちゃんを探す。

ばあちゃんは台所にいた。前日にこねたうどんを伸ばして切っていた。

ここらで、手打ちうどんは冠婚葬祭にはかかせない。おもてなしの大ごちそうなのだ。

ぼくは首すじをかきながら、ばあちゃんに謝った。

「勝手なことして、ごめん。蔵には、おれが責任持って立ち会うから」

リズミカルにうどんを切りながら、ばあちゃんは久しぶりに笑顔だ。

「うちの蔵なんかがえらい先生のお役に立つなら、いっくらでも、なんだって、持ってけばいいだあよ」

だいぶほっとして、ぼくが台所を出たら、

「来たああ！」

いとこの和樹(かずき)が絶叫(ぜっきょう)した。

今日は平日なのになぜか、高校生の和樹は石段上の松の木によじ登っている。

そこは家の前を通る人や車をいち早く見つけられる恰好の場所なんだけど、こんなの先生たちに見られたくない。山賊(さんぞく)一家だと思われる。

「カズ、下りろよ」

ぼくが腕を振って叫んでいると、家の前にすうっとモスグリーンの軽自動車が停まって、女性が三人降りてきた。そろって石段を上ってくる。

「いっぬがみさーん！　どうもー、田中でーす」

石段の上で立ちつくすぼくに、田中つぐ子先生は大きく手を振った。小柄ながら、電話口での印象通りパワフルな人だ。登山家のようないでたちで固めている。

「あ、遠いところを……どうも」

ぼくはカタコトになって、あたふた頭を下げる。頭を上げて、はっと棒立ちになった。

田中先生の後ろに、若い女性がふたりいた。

そのうちのひとりがぼくを指差して、

「ああ、きゃあああ！」

大きな悲鳴を上げたのだ。

ぼくにはその人に見覚えがあった。もう七、八年も前だが、『坂東武者はおもしろい』を買った博物館で会った人だ。古文書（こもんじょ）の解説をしてもらった。たしか、当時は学生だって言ってたような気がする。

一秒の数分の一の時間のうちに、ぼくは当時のことを思い出す。ざっくりふたつに結わえたくしゃくしゃの髪、そばかすだらけの顔、カラフルなスモックみたいな服も、あの日とほぼ同じに見える。ぼくは彼女を『長くつ下のピッピ』に似てるって思ったんだっけ。暗い展示室で話しているうちはよかった。けど、ぼくが展示室を出て明るいとこに出たら、彼女は驚いた顔でぼくを見ていた……弱ったな、親戚の中にいると、ぼくは自分のアザのことをすっかり忘れてしまう。

あの日みたいに、いきなり顔を見せて彼女にショックを与（あた）えてしまった。

『長くつ下のピッピ』は駆けだした。田中先生を追い越し、石段を一気に上りきると、いきなりぼくの両腕をがっしりつかんだ。

「やっぱり！　あのときの、イヌガミさんだったんですね、わたし……」

はあはあ息を切らしながら、そばかすだらけの顔は笑っている。

ぼくは凍りついたみたいに固まってたけど、少しずつ動けるようになった。

「え、ええ、あ、はい……あの博物館で、お会いしましたね」

ピッピは笑いながら、ぶんぶんぼくを揺する。

「よかった、覚えてくれて。そうそう、そうなんです、どんなにわたしが、あなたと会いたかったか。あの日、なんで苗字が『イヌガミ』だって、教えてくださらなかったんですか。わたし、あなたがお連れ様に呼ばれたのを聞いて、初めて気がついたんですけど、そのときには、あなたもういなくなっちゃってて。わたしの研究がちょうど……」

「河野先輩、犬上さん引いてますから」

もうひとりの背の高い女性が、冷静にピッピをぼくから引きはがした。


三人はお茶も飲まずに、蔵へ直行した。

まずまずの天気だったので、蔵の前に広くビニールシート、さらにその上に家にあったラグを敷いた。そこへぼくと和樹とで文書の入った箱を移した。

箱は三つあり、どれもけっこう重い。いずれにも、みっしり和装本が収納されていた。

田中先生たちはマスクをつけ、箱から数冊を出した。慎重に紙をめくりながら真剣な顔でひそひそ話し合う。

「まさか、これって鎌倉時代のものじゃないですよね」

ぼくがたずねると、田中先生はあごに手を当てる。

「今すぐ確定はできませんが、紙の状態を見ると、江戸時代の写本のようです。でも、文献の価値としたら相当だと思いますよ」

「じゃあ、けっこう高いんすか」

横から和樹が口を出す。

「うーんとね、骨董品としての価値っていうんなら、そんなに高くないかも。でも、この中にある情報をひもといていくと、歴史が塗りかわる可能性だって、なくはない」

ピッピ、いや河野さんが答える。話の内容に合わせて、その表情は残念そうだったり笑いだしたりとくるくる変わるので、ついついぼくは見入ってしまう。

「ふうん」

わかりやすくがっくり肩を落とす和樹に、田中先生が冊子の表題を指差して見せる。

「ここにある犬咬次郎狛衛という人物は、あなたがたのご先祖様かもしれないんですよ。この人は、『太平記』にも出てくるの。勇猛な武将らしいんですけど、細かいことは何もわからなくて。だから、この文書の中にその秘密が見つかったらいいなあって」

全然ピンと来てない様子の和樹に、ぼくがこそっと聞く。

「『太平記』は知ってるだろ?」

和樹は眉を寄せ考えこんだが、この顔は絶対にわかってない。

田中先生がやさしく、田舎の高校生に教えてくれる。

「『太平記』は、昔大河ドラマにもなった有名な軍記物語なんですよ」

「マジすか、じゃあ、オレの祖先サムライなの?」

和樹が喜んでいるところに、ばあちゃんがやって来た。

「まあまあ、先生方、うどんを打ちましたんで、食ってくださいよう」


田中先生たちは座敷に上がって、ばあちゃんと話をした。

一族唯一(ゆいいつ)の四大卒で、図書館に勤めているという意味不明な理由で、ぼくが同席した。

おおまかにいえば、史料を大学に貸与するとか、これこれの範囲でこの後の調査に協力するとかの事務的な話だ。

話がすっかり済むと、ばあちゃんはそろそろとふすまを開いた。

「うひゃー」

変な声を出したのは、たぶん河野さんだ。

ふすまの向こうには、犬上家の一族郎党(ろうとう)、二十余名が集結していた。

「さあさ、田舎なのでなんにもねえですけれど、昼飯くれえは食ってもらわねえと」

ばあちゃんにうながされ、田中先生ら三人は真ん中の席へ座らされた。

じいちゃんの作った巨大で長四角のテーブルに、ばあちゃんの手打ちうどんを始めとするごちそうが並ぶ。お煮しめや肉じゃが、山菜の天ぷらやおひたしとか、やたらに地味な茶色いおかずばっかりなんだけど、三人は目を見張っている。

「ねえねえ、犬上さん家って、土地の有力者なの？　芥川(あくたがわ)の『芋粥(いもがゆ)』的な？」

河野さんがぼくのシャツを引っぱって、こそこそ聞く。

ぼくは思わず笑ってしまう。

「いえ、そんな話は聞いたことがないですが、甘葛(あまづら)の原料のツタなら裏山に茂(しげ)りまくってます。ただし、山芋は冬にならないと採れませんが」

河野さんは肩をすくめ笑って、

「そうそう、甘葛って、一般のツタから作るんですよね。友だちの学校で作ったレポートがあって、本にもなってるかな？」

「はい、『甘葛煎(あまづらせん)再現プロジェクト』ですね。子どもの本で『平安時代のスイーツ』っていうのにもありますが、あのどこにでもあるツタから、あてなる甘葛ができるなんて驚きです」

「ねえ。一度、削(けず)り氷(ひ)にかけて、あたらしき鋺(かなまり)に入れて食べたいよねえ」

さすがだ。『枕草子(まくらのそうし)』の一節に気がついて、さらりと返してくる。内輪ウケというか、こういうのは、範囲がニッチなほど楽しいものだ。

ぼくは河野さんと顔を見合わせ、いっしょにくくくと含み笑いをしたが、まわりが変に静かなのに気がつく。

顔を上げると、親戚連中も田中先生やもうひとりの女性もそろって、ぼくと河野さんをじっと見ていた。

しまった、ついはしゃいでしまった、とんでもないお調子者と思われた。耳がじいんと熱くなり、ぼくは自分のひざに目を落とした。

再びあたりが騒がしくなったころ、おもむろに田中先生が立ち上がる。

「皆様、このような席をもうけていただき、誠にありがとうございます。一応、私どもがどのようなものか紹介いたしますね。私は田中つぐ子と申しまして……」

自己紹介が始まった。

ぼくがそろりと顔を上げると、隣の河野さんはちゃんと正座して、田中先生を見つめている。忠犬みたいなお行儀のよさなんだけど、よく見ると右手にしっかり箸をにぎりしめていて、それがなんだかおかしかった。

先生の向こうに座る、もうひとりの女性も真面目な顔で先生を見上げている。個性的なショートカットできりりとした印象の人だ。

先生のお話は続く。そのうち、河野さんはあたりをきょろきょろしだした。箸を構えたりもどしたり、

「お料理冷めちゃうよ」

なんてささやいたり、とにかく落ち着きがなくなった。

その様子はおもしろいのだが、じっと見続けるわけにもいかず、ぼくは目を伏せていた。

「まあ、私のことはこれくらいで、で、こちらにおりますのは」

田中先生はちらりと、河野さんに目を落とす。

「助手の河野ひとみです。うちの大学で講師も務めておりまして」

河野さんは箸を持ったままぴょこんと立ち上がって、くしゃくしゃの頭を下げる。

「どもです、河野です」

「こちらが院生の豊田美理（とよだみり）です」

「初めまして。どうぞよろしくお願いいたします」

豊田さんはすっと立ち上がり、ゆっくり落ち着いて挨拶した。

「ふたりとも、平安から鎌倉時代にかけての、おもに関東地方に住む女性の生き方の研究をしております。共著も何点か出しておりまして、我が研究室のホープなんですよ」

「はああ……」

「すげえ」

「たいしたもんだねえ」

おじちゃんおばちゃん連中が、口を開けて三人を仰ぎ見ている。よくわかってはいないだろうけど、素直に感嘆（かんたん）しているのだろう。

しかし、食事が始まると、様子はだいぶ変わった。三人はうちの親戚ととてもよくなじんだ。

この人たちも、コミュニケーション能力道の有段者だな。

特に田中先生の、このあたりの地域にまつわるうんちく話が楽しかった。あそこの山は七、八百年昔には牧場で馬が放牧されてたとか、こちらの川の流れは当時もっと蛇行していて……などなど、地元民も知らない知識が満載だ。

おじちゃんおばちゃんたちは大いに感心している。

「そういや、あっちの山のてっぺんに駒寄つう地名があるわ」

「あの川のこと、じいちゃんたちはヘビ川って呼んでたなぁ」

年配のおじちゃん連中が話しだすと、

「え、そのお話」

「もっと詳しく教えていただけませんか」

と、河野さんと豊田さんがずずいと前のめりになる。


たっぷりの昼食と楽しい歓談のあと、三人は三箱の古文書とともに車で帰っていった。

ぼくがほっと息をついていると、おじちゃんたちに呼ばれた。

「あの人ら、また何度かここに来たいそうだ。ほかも調べたいから、ここらを案内してほしいんだと」

「悪いが、ケンがまた窓口になってくれないか」

「お前、図書館なんだろ、平日休みがとりやすいだろ」

「ばあちゃんも、お前が帰ってくると喜ぶしな」

おじちゃんたちは目配せみたいにお互いを見合って、なんだかにやにやしている。

「え……まあ、ぼくが呼んだ人たちだから、いいけど」

答えながら、ぼくはちょっと不安になってきた。なあんか、企んでいる顔なんだよな。

このおじちゃん連中、ちょっと隙を見せるとやっかいごとを押しつけてくる。そういえば、蔵の掃除のときもそうだった。自分たちは絶対関わらずに、ぼくだけを焚きつけた。

考えこんでいると、英彦おじちゃんがぼくの肩をぽんぽん叩いた。

「あっちの小っちゃいおねえさんが、ケンに案内してほしいってご指名なんだよ」

「そんな、嘘だべ」

思わず言い返したけど、

「ホントにホントだって」

「そういう顔してたよなあ、してたしてた」

適当なことを言いながら、おじちゃんたちは向こうへ行ってしまった。

夏のうちに何度も、彼女たちは実家へやって来た。

田中先生はお忙しいらしく、たいがいは河野さんと豊田さんのふたりだ。

ぼくは図書館のシフトを調整し、休暇をフル活用して、できるだけおふたりに合わせたスケジュールを組んだ。

ふたりはとにかく精力的だ。時間を惜しむように地域の古老を訪ねたり、寺に行って過去帳を閲覧したりするのだが、ぼくはただの道案内と運転手であまり役には立たない。年寄りや寺の住職に専門的な質問をするふたりを、遠目にながめるだけだ。

ふたりは、さすが気鋭の研究者という趣だ。特に、河野さんは普段ののんきな感じと調査時の真剣さとのギャップが別人のように大きい。

セミの声の響く板の間に座りこんで、ぼくはずっと彼女を見ていた。世の中にはすごい人がいるんだなあと感じ入り、自分の小ささ浅はかさに情けなくなる。

ただ、古い資料を確認するため地元の図書館へ寄ったときだけは、ぼくにも郷土資料を探す手伝いができた。

「さっすが、ケンちゃんは図書館の人だねえ」

河野さんに言われて、ぼくのささやかな自尊心は救われかけたのだが、地元の図書館は設立が最近なので、思うような資料はあまり見つからなかった。


その日は地名や地形の確認のため、朝から近所の山を縦走した。

登山の装備で固めた河野さんと豊田さんのあとを、ぼくはばあちゃんの作った弁当のお重を背負って、よろよろついて行った。前日の雨のせいで、足もとはぬかるんでさんざんだ。でも、ふたりは慣れた足取りでずんずん先へ行ってしまう。

「学者って、なかなかハードなんですねえ」

へとへとになったぼくを、平気な様子のふたりが笑う。

「図書館司書だって、体力使うでしょ？」

「本って、かなり重いですもんね」

「でも、弁当持って山を縦走（じゅうそう）したりはしません」

ぼくらは昔なじみのように親しくなっていた……と思う。ぼくのカン違いでなければ。

山を下りてきたぼくらを見て、ばあちゃんと千鶴は目をまん丸くした。

「あんたら、なんてなりだい、泥んこ遊びでもしてたんか」

「とにかく、お風呂沸かしたから入って！」

ふたりが入っている間に、なんとなく犬上家の一族が集結してきた。

じいちゃんのテーブルは、またもや親戚たちの持ち寄ったおかずや飲み物でいっぱいになる。

夕方なので、酒も肴（さかな）もそろっている。

ぼくが風呂から上がったころには、宴（えん）もたけなわ、座敷はみんなの笑い声でいっぱいだ。あのふたりは……と見まわすと、庭にげらげら笑っている集団がいる。豊田さんが小さないとこたちに側転を教えていた。河野さんがぼくに気がついて、おいでおいでと手を振る。

「ねねね、ケンちゃんバク転できる？　美理はすごいんだよ」

風呂上がりなのに服を泥だらけにしてしまい意気消沈のぼくは、おばちゃんに呼ばれた。

隣の裕彦おじちゃんの家に行くと、布団のセットを運ぶよう言いつかった。

「あのふたり、今晩ばあちゃんちに泊まるから。いい布団で寝かせろって、ばあちゃんの命令」

「あ、そなの？」

ぼくはなぜかうろたえながら、布団を実家へ運んだ。


かなりがんばっていたようだが、十時を回るころがばあちゃんの限界だった。こっくりこっくり、座ったまま舟をこぎだしたので、ぼくが部屋に連れて行った。布団に寝かせ、タオルケットをかぶせようと見たら、すでにぐうぐう熟睡していた。

それを潮に親戚たちもぞろぞろ立ち上がり、三々五々と帰っていった。

あのふたりは幼いいとこたちと、まだ庭できゃっきゃとはしゃいでいる。昼間はクールな印象の豊田さんが、子どもたちと笑い合っているのはいい風景だ。河野さんは、子どもたちとすっかり同化して見分けがつかない。

皿洗いの仕上げを終え、ぼくはスウェットで手のしずくをふきふき、居間にもどった。

さっきとはまるっきり別の家のようだ。夏用のござを敷いた無人の座敷は、がらんと妙に広い。電気蚊とりと線香のにおいが入り混じって漂う。

中学生になったころか、筒井康隆の『遠い座敷』を読んだ。うちの座敷も、あれみたいに向こうのふすまを開けたら、どこまでもどこまでも続いているんではないか、そんな幻想にとらわれたのを思い出す。

縁側に出ると虫の声に包まれ、影絵みたいな黒い山の間から星がまたたく。

背後に、ほのかな石鹸の香りがした。

「あれ、お皿もう全部洗っちゃったの？　全然お手伝いできなかった、ごめんなさい」

振り向くと、河野さんだ。たぶん千鶴にでも借りたんだろう、Tシャツと短パン姿だ。

ぼくはとっさに目をそらせた。でも、じろじろ見てしまった気もする。

「あ、いえ、隣にもう布団敷いてあります、ので……」

この家で彼女とふたりきりになるのは、たぶん初めてだ。

「うん、ありがとう。美理はもうこてんと寝ちゃった」

「あ、あ、あ……そうですか」

河野さんは縁側に腰かけた。足をぶらぶらさせながら、暗い庭をながめる。

「涼しいね」

くしゃくしゃな前髪がかすかな風を捕まえる。

「都心に比べればだいぶ、涼しいですね」

ぼくも彼女の隣に腰かけた。腰かけた瞬間、しまったと思った。右、ぼくは彼女の右側に座るべきだった。でも、今から動くのもおかしいし、しょうがないか……でも。

河野さんはちょっと困ったような顔で、ぼくの右側を見上げた。

「ずうずうしいよねえ。連日ケンちゃんのせっかくのお休みを無駄にさせて、そこらじゅう引き回して、そのうえたらふく食べて、お家に泊まっちゃうだなんて」

ぼくは不自然な角度に顔をそらせたままだ。

「そんなことは、まったくないので、これからもどうぞ引き回してください」

「ええ?」

河野さんは笑った。

「ケンちゃんって、そういう性向のヒト?」

河野さんの言い方に気がつかないふりをして、ぼくは早口になる。

「こっちこそ、強引に引き止めて申し訳ない。車でお送りしてもよかったんですが、気がついたときは、ぼく飲んじゃってて」

「わざわざあんなにごちそう作ってくださって、みんなで集まって。楽しかった」

そう言って、自分のお腹をぽんぽんと叩いたので、ぼくは緊張しながらも笑ってしまった。絵本の『こだぬき6ぴき』に、こんな子いたような気がする。

「いえいえ、みんな近くに住んでるし、田舎でおもしろいことが少ないもんで、何かあるとすぐに食い物持って集まっちゃうんです。わずらわしいったらない」

「そんなこと言ったら、ダメだよ」

強い口調にはっと振り向くと、河野さんは怒った顔をまっすぐぼくに向けていた。

「こんないいところで育ったケンちゃんは幸せだよ」

「はい、幸せです」

ぼくの声があまりにも情けなかったのか、河野さんは笑いだした。

「やだ、幸せを強制してしまった、あはは」

河野さんはひざをかかえた。きれいなひざにあごをのせてつぶやく。

「わたし、こういうお家の人になりたいなあ」

え、それって、どういう意味？　と確認したい衝動にかられる。いや、カン違いするな、カン違いするなと自らに言い聞かせながら、ぼくは突然立ち上がる。

「ケンちゃん、もう眠い？」

河野さんはぼくを見上げる。

「え、えっと……いえ、全然眠くないです」

うろたえながら、彼女の右側に座り直した。適切な距離がつかめず、座ってからもなかなか位置を定めなかった。第一、右側に座って、アザのない方の顔を見せたからってなんだよ、何の意味があるんだよ、自分の愚かさに気がついて引く。さっきまでも緊張してたけど、今はもっとだ。どんどん動悸とあせりが高まる。なんだこれ。何か話したいけれど、どんなセリフも誤解されるに違いない。でも、黙っていると、ぼくの胸の鼓動や汗のにおいや、荒い呼吸音を気づかれてしまう。絶対、気持ち悪いと思われたくない。世界中の人に思われても、河野さんだけにはそう思われたくない。

ぼくが激しく忙しく悩んでいるうちに、河野さんが右の手のひらを縁側についた。ぼくの指先と五センチと離れていない。

今、触れたら、どうなるだろう？

ぼくは左手を数ミリ浮かせた。指をかすかに動かしたが、結局引っこめて、

「やっぱり、ぼく寝ます。おやすみなさい」

のろのろ立ち上がる。

「おやすみ」

彼女の声を背中で聞いて、早足に自分の部屋へ向かう。

寝床に横たわったものの、眠気なんて毛の先ほども感じない。

同じ屋根の下で彼女が眠っている。そのことが頭の中でうまく処理できない。さっきまで五センチの距離にいた人は、今や、ぼくからはるか遠い座敷で眠っているのだ。

休み明けの火曜日、出勤したぼくはもやのかかった頭で考える。

——わたし、こういうお家の人になりたいなあ。

あれは、やっぱりそういう意味だったんじゃないか。そうじゃないにしても、ぼくにもう少し自信があったら、もう少し勇気があったら、確かめられるのに。

気がつくと、ぼくは保存書庫の中にいる。えっと、何しに来たんだっけ？

薄暗い、その奥に人影があった。なじみの中学生がデスクに突っ伏している。

「おはよう、スタビンズ君」

声をかけると中学生はあくびまじりに起き上がる。ぼくはつい笑った。

「眠いんだったら、家で寝てたらいいのに。夏休みだろ？」

そのうち、ぼくはやっと自分の仕事を思い出した。電動書架を開き、奥から折り畳みコンテナを持ってきて、中学生の近くに下ろす。

「これ今日の分……」

スタビンズ君に指示しつつ、その手もとをのぞき見た。ドリトル先生は順調に進んで『ドリトル先生と秘密の湖』に突入したようだ。そろそろ、次のおすすめシリーズを考えた方がよさそうだ。それとも、スタビンズ君自身にフロアから選ばせた方がいいかな。

ぼくは手持ちのレシートに沿って、保存書庫の本をピックアップし始めた。

——わたし、こういうお家の人になりたいなあ。

何の脈絡もなく、あの晩の彼女の声が頭の中に響く。まるで、そっちの方がはるかにくっきり本物で、平凡な火曜日に図書館で働いている今が嘘みたいだ。

「……ねえ、なんかいいことあった？」

スタビンズ君の声に、ぼくは一気に現実へ引きもどされた。

「へ？」

気がつくと、レシートの本は手の中に全部そろっている。いつの間にか全身が汗だくだ。

ぼくはそろりと書架のすき間から出てきた。

中学生はデスクにひじをついて、なぜかの訳知り顔だ。

「意外と顔に出るタイプだよね、イヌガミさんって」

「さてさて、今日はやることいっぱいあるぞ」

ぼくは無意味にぶんぶん肩を回しつつ、逃げるように保存書庫を出て行く。

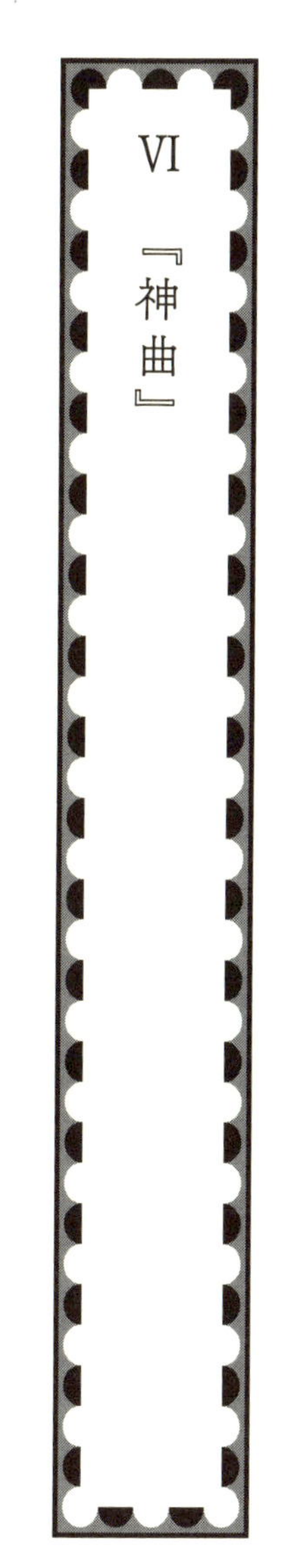

VI『神曲』

毎年のことながら、ハプニング連発の夏休みが終わった。来年はもうここにはいないのだ、なんてセンチメントに浸(ひた)るヒマもなかった。

九月の平日になって、児童室はやっと静けさを取りもどす。

午後、ぼくは心穏やかに、児童室の返却本を書架にもどす配架の作業をしていた。

ふと気がつくと、カウンター方面からひそひそ子どもの声がする。

「こっち向け、こっち向け……」

声を抑(おさ)えているつもりなんだろうが、静かなフロアではまる聞こえだ。

隣に現れたケンが、ぼくのエプロンにすがりつく。ケンの背中をさすってなだめながら、そっちへ目だけやる。

本棚の陰(かげ)からひょっこり、子どもの顔がふたつのぞいていた。女の子だ。ひとりはまん丸く目を見張り、ひとりはにたにた笑っている。

ぼくが顔を向けると、ふたりは道路に飛び出したネコみたいにびくりと飛び上がり、たちまち引っこんだ。ばたばた駆ける足音がフロアに響く。

「見た？」

「見た」

たぶんカウンターの前あたりにいるのだろう。こそこそ話す声が聞こえた。

ケンはまだ震えて、ぼくにしがみついている。ぼくはいつものつまらなそうな顔のまま、配架作業を続けた。

作業にひと区切りつけて事務室へ向かうと、カウンターの内海さんがぼくに聞いた。

「今来たの、かおりちゃんでしょ？」

「はい」

さっきの女の子のうちのひとりは、内海さんがここにいたときからの常連だ。

「あの子、だいぶ感じ変わったね。わたしのこと覚えてないのかな。春から無視されまくり。小っちゃいころはそりゃあかわいかったのに」

小さなケンをなだめながら、ぼくはうなずく。

「ええ。でも、小学生になると子どもはみんな変わります。幼児のときと同じ調子で来館を続ける子の方が、レアっていうか」

内海さんはカウンターに頬杖（ほおづえ）をつく。

「そっかー、うちの濯も、わたしに『ばばあ金よこせ』とか言うのかな。やだなー」

「いや、濯君はいい子だから、それはないですよ」

ぼくが笑うと、内海さんも笑いかけたが、すっと真顔になる。

「わたしはともかく、かおりちゃん、犬上さんにめちゃめちゃ懐いてたのにね」


休憩のあと、ぼくは二階フロアで書架整理をした。本を背表紙の分類番号の順番通りに並べたり、棚の乱れやきついところを整えたりする作業だ。

ぼくの隣で、ケンが天井を仰いでいる。

「山下かおりが変わったのは、やっぱあの日からかな、ほら、二年くらい前の」

ぼくはしゃがんで、いつも激しく乱れがちののりもの絵本コーナーを直している。

「うん、ぼくがちゃんと受け止めてあげられなかった」

「でも、あの日は学校のクラスの子たちが大ぜい来てて、君は順番に質問に答えていたからしょうがないじゃんか。かおりったら、ほかの子を押しのけて、割りこんで質問しようとした」

ぼくは手を止めて考えこむ。

「あの子は甘えん坊だった。でもそれも無理はなくて。小学校に入る前から、ひとりで長時間図書館で過ごしていたし、家でいろいろあったみたいだね。あのころは、いつも迎えにきていたおねえさんの姿も見えなくなっていたし、それが直接の原因なのかも」

「そこまで、図書館の人がめんどう見きれないよ」

「そうだけど、ぼくには別のやり方があったかもしれない」

口をとがらせるケンの頭をなでながら、思い出す。

あの日、ぼくの前に割りこんできたあの子の表情が頭に浮かぶ。

「どうしよう、どうしよう……見て、おねえちゃんの球根にカビみたいなのが……」

そう言って、泣きそうな顔でぶるぶる震えながら、球根を差し出したんだ。

日ごろはにこにこしておしゃべり好きの甘えん坊の子どもが、あんなに必死だったのに、ぼくは無情にも「順番だから」とあと回しにしてしまった。

あの子は裏切られたという顔になり、しまいにはかんしゃくを起こし、図書館を駆け足で出て行った。とっさにあとを追ったけど、あの子の姿はもうなかった。ぼくには、エントランス前にばらばら落ちていた球根を拾うことしかできなかった。

「あの球根、どうしたんだっけ？」

ケンに聞かれて、ぼくは記憶をたどる。

「ちょうど植栽ボランティアの福島さんが通りかかって、チューリップの球根だと教えてくれた。『おやゆびひめ』の大好きなかおりさんにぴったりのチューリップ」

そして、かおりさんのおねえさんが大切に育てていたチューリップ。

ケンも思い出したみたいだ。

「カビみたいなものがついているって、君が説明したら、福島さんは消毒してから乾燥して保存すればだいじょぶかもって、あずかってくれたんだよね」

　ぼくはうなずいた。

「そう。かおりさんが問合せに来たら、いつでもお返しできるようにって」

　ケンは眉を上げ口をへの字にして、だいぶ怒ってるみたいな顔になる。

「でもさ、山下かおりは、そのあと何度か図書館に来たけど、君が話しかけても、ずっと無視してなんにも聞かない。それどこか、今日みたいに家来みたいな子を連れてきて、君のアザをバカにしたり笑ったりしてさ」

　ケンの頭をなでながら、ぼくはつぶやく。

「霜月先輩だったらどうしたかな、青柳先輩だったら、絶対あんなふうにあの子を帰したりしなかったろう……ぼくはまだまだあのふたりに追いつけない」

　ふたりとも、新人のぼくに図書館の児童サービスというものを、一から授けてくれた恩人だ。右も左もわからなかったぼくにとって、ふたりはまさに神か太陽みたいな存在だった。

「霜月先輩はあの調子で、子どものふところにいきなり入って行けるし、青柳先輩はまさに歩く教科書みたいな人で、有効な方法をなんでも知っている。方向性やアプローチはまるで正反対なんだけど、目の前の子どものことを思って行動できるふたりは、とにかくぼくの憧れだ」

　ぼくはため息をつく。すっかり仕事を覚えた気になっていたけど、今でも、ぼくと先輩方との距離は全然縮まっていない。

「君は神でも太陽でもなく、君だからね。君の判断したようにしか行動できない」

変にませた口調でケンが言うと、すぐ近くで別の人の声がした。

「でも、来館するだけマシよ。来なくなっちゃう子が多いんだから」

はっとしてぼくが顔を上げると、奥井さんだった。

「読みたい本がない、とか言っちゃってね。だいたい、小学二年生がひとつの谷かなあ」

その隣には内海さんもいて、ふたりはぼくに聞かせるように話しだす。

「幼年向け読み物と、その上の児童文学の橋渡しになる作品がもっと必要なんだよね」

「そうそう、なかなかこれというのが少なくて。『かいけつゾロリ』とか『おしりたんてい』とか、『銭天堂』とか、人気のエンタメ系はあるにはあるけど、そこから先には行けないイメージ。子どもの読む能力も、個人でだいぶ差が出てくるし」

「そのうえ、小学校中学年になると図書館より楽しいこと、やらなきゃいけないことがいっぱいあるんだもん。友だちとかゲームとか動画サイト、スポーツクラブに習い事、受験の塾も」

「それは健全なことだと思うよ。今の子はちょっと忙し過ぎだけどね」

そう言って内海さんは、しゃがみこんだぼくの肩を気安く叩いた。

「だから、犬上さん、そんなに落ちこむことないって、元気出せ」

「……はあ」

そんなにぼく、落ちこんで見えたのかな。

九月も半ばを過ぎた。

朝の職場会で、内海さんが手を上げて発言した。

「一応、確認で申し上げるんですけど……」

ああ、あの件だな、とぼくにはすぐにわかった。

内海さんは事務的に話しだす。

「最近、平日の朝から来館し、二階の児童室にいる小学生がいます」

ほかの職員が合いの手を入れる。

「ランドセル持ってきて、閲覧テーブルにいるショートカットの女の子よね」

内海さんはにっこりうなずいた。

「そうです。ご存じでしょうけど、図書館では必要のない限り、利用者に声がけはしないことになってます。児童の場合もそれと同じ、来館する利用者に不用意に声をかけたり、プライバシーを詮索(せんさく)するような発言はしないでくださいね」

ひとりをのぞいて、職員たちはしっかりうなずいた。

「あのう……でも」

小さく声を上げたのは、加藤館長だ。

「その子って不登校児童かもしれませんよね。そんな子がこれ以上ここに増えたら、困るんじゃないんですか。あのその、保存書庫にいる中学生もそうだよね、彼はいつまで……」

ざっと音を立てて、職員たちはいっせいに館長の方を向いた。

それだけで、もともと小さい加藤館長は、さらに二割ほど縮小された。

内海さんがわざわざ朝の職場会で、あの小学生について触れた狙いはそこだろう。厳密にいえばグレーゾーンの取り扱いだが、全職員の当然守るべき既定路線であるかのように、館長に印象付けるためだ。

こほん、とひとつ咳ばらいして、奥井さんが立ち上がる。

「館長、義務教育は、子どもの義務じゃなくて大人の義務です。子どもが責められることではありません。学校に行けなくて悩んでいる子どもを、図書館から追い出そうなんてこと、館長はできるんですか？　そうしたいんですか？」

「いやだから、大人の義務として……いえ、は、はい」

加藤館長はさらに縮こまって、あいまいにうなずいた。

ぼくは心の中でため息をつく。そんないいかげん……いや臨機応変な仕事ができるのも、きっと今年度限りなんだろうな。

スタビンズ君やあの女の子みたいな子どもたちは、ぼくが勤めた十年のうちに何人もいた。来年度以降の図書館に、彼らを受け入れる余裕があるだろうか。

その子に最初に話しかけたのは、ぼくかもしれない。

その日の昼時（ひるどき）、その子は《おはなしのこべや》の中で居眠りしていた。

「そこで、寝ないでください」

ぼくが注意すると、おびえた表情で跳ね起きて、《おはなしのこべや》から逃げ出した。

近くで顔を見て気がついた。あの子、先日かおりさんといっしょに、ぼくを見物に来た子だ。

なら、かおりさんと同じ小学六年生なのかな。

その日はすぐに帰ってしまったけど、翌日にはまた来館している。

二階の児童室、閲覧テーブルの決まった席が、その子の指定席となった。

当然ながらぼくもほかの職員も、何もなければその子に声もかけないし、まじまじ見たりもしない。こないだの居眠りみたいに、図書館の利用ルールに反した場合には注意するが、それ以外は知らんぷりだ。

たまに配架などでぼくがそばを通ると、その子がたちまち緊張して身構えるのがわかる。

「もうちょっと、かたの力をぬけばいいのにね。なんにもしやしないのに」

いっしょに通り過ぎながら、ケンがぼくにささやく。

「そうだね、でもケンにも心当たりがあるだろ？　たまに、ハセみたいなのが学校図書館に入ってきたら、あの子の十倍は恐れおののいてたくせに」

「それとはちょっと、ちがうって……あれ、おんなじかなあ？」

首を傾げながら、小さなケンの姿は薄れた。

それからも平日はほぼ毎日、その子どもは来館した。

一週間以上は続いているので、職員、特に児童担当者たちはけっこう気をもむ。

一階のワークルームで、予約本にレシートを挟みこみながら内海さんが言った。

「とにかく、真面目な子よね、ずーっと勉強してる」

ぼくは隣の端末で、今朝来た雑誌のデータ入力をしていた。

「はい、たぶん、真面目に勉強していれば、大人からとがめられないだろうって、思いこんでるんですよ」

内海さんは作業の手を止め、二階を透視（とうし）するように天井を見上げる。

「そっかー、ちょっとでも楽したら、大人に『サボってる』って怒られると思ってんのかな、そりゃ毎日しんどいだろうなあ、かわいそうよねえ、ねえ、ケンちゃんなんとかしなさいよ、ほら、スタビンズ君のときみたいにさ」

「え、ぼくが？」

いきなりふられてぼくがあせっていると、フロアから奥井さんが入ってきた。

「それほど真面目な子が学校に行けないなんて、よくよくの事情なのねえ、それはそうと、犬上さん、雑誌の入力できた？　スタメンレギュラーのおじさまたちがお待ちかねです」

「あ、はい、ただ今……できました。すぐ行きます」

新刊雑誌をかかえ、ぼくはフロアへ飛び出す。


無事、新刊雑誌の差し替えを済ませて、ぼくは二階へ上がった。

実のところ、あの子にも少しずつ変化が表れていた。

ぼくら職員が不必要に声をかけたり、追い出したりしないって、ようやくわかってきたみたいだ。すぐ後ろを通っても、そんなにびくびくしなくなった。

児童室に着いたぼくは、あの子に感づかれないように遠目で閲覧テーブルをながめる。

今日のあの子は、すっかりダレてる。一応、テーブルの上には教科書やドリルが開いて置いてあるが、女の子の目はそのどれにも向いていない。目はしょぼしょぼ、頭をぐらぐらさせて、かなり眠たそうなご様子だ。

無理もない。びくびくしなくてもいい場所だとわかったら、緊張感も途切れるだろう。

女の子は一度、ぐらっと大きく揺れて、あわてた様子で体勢をもどす。

「ふう」

大きなため息をついて、ドリルをぱたりと閉じた。どうやら、勉強はあきらめたらしい。今度は、鉛筆（えんぴつ）を鼻と上唇（うわくちびる）の間に挟んで、ぎいこぎいこと椅子を揺らしだした。

子どもって、ほんと、考えていることがまるわかりだよな。

「君だって、人のことといえないよ」

ケンが現れて、意地悪そうに笑った。

「え、マジ？」

「そうさ、ちょくちょく、あの夜のことを考えてるだろ、ぼーっとした顔で」

「はあ、なんのことやらさっぱり……あ、そうだそうだ、来年度に備えて絵本コーナーの壁面構成の準備をしなければ、ああ大人は忙しい忙しい」

ぼくは早足で保存書庫へ向かった。こないだ、スタビンズ君に切ってもらった大量の折り紙があるはずだから。

赤い折り紙を四分の一の大きさに切って、それで小さな赤い魚を折るつもりだ。利用者の子どもたちにも協力してもらって、絵本コーナーの壁面に、大量の赤い小魚を貼り付けて例の巨大な魚を出現させる……我ながら、良いアイデアだと思った。

スタビンズ君はたいそう器用で、ぼくよりもきれいにかちっと折り紙を切ってくれた。

「君って、天才なの？」

「わかってる」

中学生はドリトル先生を読みふけっている。ぼくのことはノールックで答えた。

折り紙の箱をかかえて、ぼくが保存書庫からフロアに出たところで、

「わっ！」

叫び声がした。

書架の向こうで、あの女の子がしりもちをついたのが見えた。

がごん、ごん、
派手な音を立てて、椅子が転がる。

さっき椅子をぎいこぎいこ揺らしていたから、とうとうバランスを崩したんだな。

ぼくはそのまま書架の陰から見ていたが、女の子は起き上がらない。すべてをあきらめた顔で、床に大の字になっている。目を閉じて、じっと動かない。

ぼくは書架から書架を伝って、こっそりその子に近づいた。たしか、頭は打っていなかったようだったけど、かなり心配だ。

とうとうすぐそばまで来たが、女の子は大の字に寝転んだままだ。ぼくが近くにひざをついてよく見ると、すう、すう、と穏やかな寝息が聞こえた。

全身の力が抜けるかと思った。ぼくは長いため息をついて立ち上がり、腹からしっかり声を出した。

「そこで、寝ないでください」

ぱちりと女の子は目を覚ました。もうぼくを見ても、驚きも怖がりもしない。ただ、「うるせえなあ」みたいな顔をする。

それでもすぐに起き上がり、倒れた椅子を直し、転がった鉛筆を拾い上げた。その動作はのったりのったり、いかにもだるそうだ。ダンテの『神曲(しんきょく)　地獄篇(じごくへん)』じゃあるまいし、すべての希望を捨てたのか、この子は。

つまらなそうな顔でその場を去ろうとしたが、突然、ぼくの頭の中で声が響いた。

――ねえ、ケンちゃんなんとかしなさいよ。

セリフは、さっきの内海さんだ。でも、その声は内海さんじゃなかった。

それは、ダンテを天国へ導く淑女(しゅくじょ)ベアトリーチェ……でもなくて、夏のあの夜、実家の縁側ですぐ隣に腰かけた、彼女の声だった。

なんで、今？　よくわからなくなって、ぼくはふらふらカウンター方面へ進んだ。振り向くと、あの女の子が、テーブルの上の赤い折り紙に気がついて、こわごわ触ろうとしている。

どうやら、ぼくが半ば無意識にそこに置いたみたいだ。

ぼくはカウンターに折り紙の箱を置いた。

気を取り直し、カウンター席で魚を折り始める。以前青柳先輩に教わって、たくさん折ったことのあるシンプルな魚。だから、楽勝のはずだ。

でも一応、万全(ばんぜん)を期して参考資料も見ながら、真剣に取り組む。

「んん？」

いや、しかし、折り紙ってこんなに難しかったたっけ？　あまりにもちゃんと折れなくて、自分が情けなくなってくる。

考えてみれば、ぼくの人生に楽勝なんてものは、一切なかった。これからもきっとそうだ。ぼくなんか、必死で食らいついて何年も努力してやっと人並みなんだ。来年度はまったく違う仕事を覚えなきゃならないのに、先が思いやられる。まさに「すべての希望を捨てよ」の気分だ。

四苦八苦しながら折り紙に取り組んでいると、ふと視線を感じた。

すぐそこで、あの女の子がぼくを見ていた。口を押さえて、姿勢を低くして、あれで隠れているつもりなのか、あのう、まる見えなんですけど。

ぼくは笑いだしそうになるのを必死に耐えた。女の子にはちっとも気づいていませんよ、全身全霊を折り紙に向けておりますよ、のポーズを貫く。ちらっと見ると、あの女の子は、そんなぼくの不器用な手つきにはらはらしている様子だ。

とうとう耐えられなくなって、ぼくは手を止めた。

「ふう」

大きなため息をついて、なんとか笑いを外へ逃がした。

女の子はびくりとしたけど、ぼくに見つかったとは思ってないらしい。

そのまま、『どろぼうがっこう』のかわいいせいとたちみたいに、ぬきあし　さしあし　しのぴあし……で閲覧テーブルへもどっていった。

その後も、ぼくがカウンターで魚を折っていると、向こうのエレベーターが開いた。

登場したのは、常連の早乙女さんだ。今日も、三つ子ちゃんと大量の絵本を満載したベビーカーを押している。

早乙女さんの後ろには、最近「あかちゃんのおはなし会」に参加するようになった若いおかあさん、おとうさんがいる。ふたりもそれぞれベビーカーに赤ちゃんと絵本をのせている。

「こんにちは、はい、まずはご返却ですね」

「こんにちは、お願いね。そういえば犬上さん、あれって、もうないの？」

カウンターに絵本を山のように積み上げながら、早乙女さんが聞く。

「あれ、ですか？」

ぴっ、ぴっ、と返却スキャンをしながら、ぼくは首を傾げる。

早乙女さんは空中に、指で四角い形を描（えが）いた。

「ほら、赤ちゃん向けの、冊子があったでしょ。あれよくできてるから」

「ああ、あれですね。配布用のなくなってました？」

「なくなってましたよ。やめちゃったのかと思った」

「それは申し訳のないことでした」

　ぼくは笑って、カウンターの引き出しを探る。予備が何枚かあったはずだ。

「わたしは持ってるから、この人たちにあげて」

「でもこれ、作ったのだいぶ前で、もう七、八年たつんで大丈夫かな」

「それでもいいものはいいよ。特に赤ちゃん向けの絵本って、昔に出版された定番ものの方が質がいいと思うわ」

「ありがとうございます。そう言っていただくと、とてもうれしいです」

　ぼくは素直に礼を言って、以前あかちゃんえほん勉強会で作った『赤ちゃん絵本リスト』を、若いおかあさん、おとうさんに差し出した。

「月齢ごとに向く本や、読み聞かせた赤ちゃんの反応が出てて、読むだけでも楽しいんだけど、図書館の人に頼めば、現物の絵本がすぐに借りられて便利なのよ」

　さすが早乙女さん。ぼくよりもよっぽど、この冊子の特徴をつかんでおられる。

「こういうの、とても助かります」

　若いおかあさんはぱらぱらめくりながら、にっこりする。

「本当ですね、参考になるなあ」

　若いおとうさんもぼくにうなずいてみせた。

　三人と赤ちゃんたちが、絵本コーナーへ去って行くと、ぼくはちょっとため息をついた。

　早乙女さんはああ言ってくれたものの、『赤ちゃん絵本リスト』は増補改訂版を出すべきだった。最近のものだって、いい絵本はたくさん出版されている。

このところ忙しくて、なかなか勉強会も以前のようには頻繁に集まりづらくなっている。それはぼくらの怠慢だ。図書館にずっといい続けられると思いこんでいたせいか、今じゃなくてもいいや、いつかやれるからいいやと、安易に考えていた。

ぼくは立ち上がり、《一かいで、かしだしして　くれよな》の札をカウンターに置いた。『赤ちゃん絵本リスト』を印刷して、絵本コーナーに置いておこう。『おもいついたら　そのときに！』、『チキチキチキチキいそいでいそいで』やってしまおう。

印刷を終え、製本は天才のスタビンズ君に任せて、ぼくはカウンターへもどって来た。

「あれ」

カウンターの上に、三匹の魚が置いてあった。折り方はぼくの何倍も丁寧で、しかもかわいらしい目やまつ毛まで描いてある。

振り返ってみたけれど、閲覧テーブルのあの女の子はもういない。これを置いて、帰っちゃったらしい。

三匹の魚をつまみ上げ、専用のさかな箱に入れた。

ぼくは笑って、ひとりつぶやく。

「なんとか希望はありそうだ」

Ⅶ『フィレンツェの少年筆耕』

その日から毎日のように、例の女の子は箱から折り紙をごっそりとって帰っていく。

翌日には、見事に折りあげた赤い魚たちを、そっとさかな箱に入れてくれる。

箱の中に魚がごっそり増えているのを見て、ぼくが驚いた様子をして見せると、教科書やランドセルの陰で、その子は口を押さえてぶるぶる震えた。笑いをこらえているのだろうけど、つい足がばたばた動いちゃっているのが、さすが子どもだ。

家なのか、ほかの場所だかはわからない。だけど少なくとも、あの子にはこれだけの数の折り紙を落ち着いて折れる場所がある、というのはぼくにとっても希望になった。

十月に入ったころには、女の子は児童室の閲覧テーブルで、けっこう堂々と折り紙を折るようになっていた。

だがしかし、子どもってのは飽きやすい生き物だ。

このごろは、折り紙にも飽きてしまったようだ。かといって、ドリルや教科書を開くわけでもたり。

なく、ただだらだらしている。テーブルに突っ伏したり、かったるそうにひじをついて居眠りし

意を決して、ぼくは女の子に話しかけようと思った。

「でも、図書館の人は、お客さんに不必要な声かけはしないんじゃなかったの？」

小さなケンが出てきて、ぼくの前に立ちはだかる。

「そうだよ。でも、図書館の中で明らかに困っている利用者を見かけたら、それを助けるのはぼくらの仕事だ。この仕事は、利用者にとって必要なことだ」

図書館員が話しかけても自然なのは、やはり本の紹介だろう。しかし、あの子の読書傾向(けいこう)について、手がかりはほとんどない。

ぼくが考えていると、ケンが縦長の絵本を一冊持ってきた。

「ねえ、ねえ、これは？」

絵本を受け取って、ぼくは笑った。

「なるほど、『こびとのくつや』か」

ケンはえばって言った。

「あの子、君にかくれて、こっそり折り紙を折ってくれるでしょ？　くつ屋さんがねている間に、くつをぬってくれる小人みたいじゃないか」

「そうだね、だけど……」

ぼくはまた考えだす。

国語のドリルで文章題をすらすら解いていたから、あの子はそう本が読めないとは思えない。かおりさんと同じ小学六年生なのだろうし。

「あんまり小さい人用のものを勧めても、反発されちゃうかもしれないな」

「そんなときは、YAだな」

生意気に口を挟んでくるので、ぼくはケンに質問する。

「さてYAとは、いったいなんでしょう?」

ケンは得意げに答えた。

「YAとは、『ヤングアダルト』の略称です。もう子どもではないけれど、まだ大人でもない年ごろの人たちと、そういう心を持った、すべての年代の人たちのための本棚です」

ぼくは笑いだした。

「お見事。ただし、YAコーナーの看板のまる写しだけどね。具体的には、小学校五、六年生から高校生ぐらいの青少年向けの本、かな」

「そうともいう」

ケンも頭をかいて笑うが、ぼくがYAの棚から抜いた本を見て、首を傾げた。

「それ、あの子に意味わかるかな」

「さあ、どうだろう。全部読んだらわかるだろうけどね。ちょっと、ヒントをあげようか」

ぼくは短編集の『父』を持って、あの子のところへ行った。

「ヒマそうですね、ショウネンヒッコー君」

突然話しかけられたあの子はびくりと震え、ぼくに振り向いた。

それにかまわず、ぼくはテーブルに『父』を置いた。

「図書館でヒマをつぶすなら、いい方法があります」

「え？」

さっぱりわからない、という顔だ。でも、逃げ出す様子はなかったので、ぼくは内心ほっとしていた。

「本を読むことです。ショウネンヒッコー君」

そのまま、ぼくは配架作業にもどった。

「もう、あたしは勉強しなくちゃいけないのに……」

かすかに、背中であの子の声を聞いた。


一階から返却本をとってきて再びフロアにもどると、あの子は怒った顔でぼくを見た。

近づくと、押し殺したような声で聞かれた。

「これ、皮肉？」

「もう、読んだの？」

ぼくの聞き返しにかぶせるように叫んだ。

「だから、皮肉なのって、聞いてんの！」

けっこう怒らせちゃったな。でも、不思議とぼくは平静だった。この子がぼくに怒ってくれるまでになったのが、ちょっとうれしくすらあった。

しかし、「皮肉」って、どういう意味だ。

ぼくは『父』へ手を伸ばす。この本は、『Little Selections あなたのための小さな物語』シリーズ中の一冊だ。古今東西の短編が、それぞれひとつのテーマに沿って編まれている。つまり、この『父』には、父をテーマにした作品ばかりが収められている。

古典的な名作も多く、タイトルこそ有名だが元本が古過ぎてなかなか手にとられづらい作品もある。このシリーズでは、そんな作品に新しく軽やかなブックデザインを施して、とても読みやすくなっている。

ぼくがこの子に読ませたかったショウネンヒッコー君の物語、すなわち『フィレンツェの少年筆耕』もそんな一篇だ。元本は『クオレ』、イタリアを代表する古典的名作の児童文学だ。

「知ってるよ。『母をたずねて三千里』も、『クオレ』の中にあるおはなしでしょ」

小さなケンが口を挟む。

「うん、そうだ。もちろん、いいおはなしもあるんだけど、なにしろ、十九世紀に出版された本だ。内容も、当時のイタリア少年たちへ愛国心を説くための、道徳的なおはなしが中心だ。だから、今の子どもにはわかりづらいエピソードも多いんだ」

「ふうん。古い本から、おもしろくてよくわかるおはなしだけ、つまみあげて、新しい本に入れたんだね」

「そういうこと」

ぱらりとめくったら、あの子が「皮肉」と言った理由はすぐにわかった。

思わずぼくは鼻で笑ってしまった。

「さては、マンガから読んだな」

このシリーズのもうひとつの特徴は、一篇だけマンガが入っていることだ。しかし、この作品かあ、うっかりしていた。この子が「皮肉」ととっても仕方がない。

『父』に入っていたマンガは、大島弓子(おおしまゆみこ)の『毎日が夏休み』。主人公の女の子が学校をサボるところから始まる物語だった。

「まあ、いいさ、終わりまで読めよ。名作だぜ、これも」

ぼくは適当にそんなことを言って、その場から退散した。


かなりぶつくさ言ってたけれど、結局、あの子は『父』を読んでくれた。

いつもは昼には帰っていくのに、今日に限っては閲覧テーブルからじっと動かない。

ぼくが昼休憩を終え、二階のカウンターについても、まだ、あの子は動かない。本の世界にどっぷりつかっているようだ。

午後になって、児童室の利用者も増えた。ぼくは絶えずやって来る小さい人たちの返却や貸出の手続きをしながら、ちらちら、あの子の様子をうかがっている。

やっと読み終えたらしく、あの子はちょっと涙ぐんで見えた。それから、時計を見てびっくりした顔になる。どうやら、時間を忘れて、存分に楽しんでもらえたみたいだな。

ケンがぼくにささやく。

「紹介した本にハマってもらえると、うれしいね」

「うん、とってもとっても、めちゃめちゃうれしい」

ささやき返したけれど、ぼくはいつものつまらなそうな顔で返却貸出のスキャンを続けた。

大量の絵本の貸出中、ちょうどぼくの手が離せないところを見はからったように、

「全部、読んだ」

あの子がカウンターに『父』を置いた。

「ん？」

ぼくが顔を上げると、怒ったような表情をちらりと見せて、小走りに階段を下りて行った。

翌朝もあの子はやって来て、折り紙で魚を折りだした。『フィレンツェの少年筆耕』の意味もちゃんとわかったのか、けっこう楽しそうに折っている。

さっそく知ったかぶりのケンがささやく。

「フィレンツェの少年が、おとうさんのためにこっそり、仕事をしてあげるおはなしだもんね」

「そのとおり」

ぼくは『父』を携え閲覧テーブルに近づく。ぱたり、とその子の前に本を置いた。

「それ、もう読んだ」

いぶかしげな顔のその子に、とぼけた調子で告げる。

「よんだほんは　もとにもどしましょう」

本を置いたまま、さっさと児童室から逃げた……というのは人聞きが悪い。いつもの仕事をしに、一階のワークルームへ下りただけだ。


予約本処理など定例の仕事を済ませ、ワークルームでの作業には区切りがついた。

そろそろ二階のあの子の様子を見に行かなくちゃ、無事にYAコーナーの存在に気がついたかな、などとぼくが思いかけた矢先のことだ。

「犬上さん」

さっきまで一階で配架していた奥井さんから声がかかった。

彼女についてフロアに出ると、外がわいわいだいぶ騒がしい。子どもの声みたいだ。

「ほら、二列に並んでくださーい」

あせったような大人の声もする。

窓から見るとエントランスのすぐ外側に、大勢の小学生が集まっていた。二十数名、たぶんひとクラス分だろう。引率の先生らしき男性も見える。

奥井さんがぼくにたずねる。

「今日来るって、なんか学校から聞いてる？」

学校などの団体が、クラス単位以上の人数で図書館を利用するには、事前に連絡を受けるのが原則だ。

「いえ、全然」

答えながら、ぼくはぎくりとした。

わいわい騒ぐ子どもの中に、山下かおりさんの姿を見つけたからだ。ならば、ここにいる子たちは、柿ノ実第三小学校の六年生か。

奥井さんのエプロンを引っぱって、ぼくは小声になる。

「ごめん奥井さん、二階への案内までお願いできますか。ぼくは、その前に急いですることがある。二階フロアについたら、その後はやります」

「了解(りょうかい)、ゆっくりめにやる」

すべて察したらしく、奥井さんは深くうなずいてから、エントランスへ向かった。

急いで階段を上ると、あの女の子はＹＡコーナーの前の床に座りこんでいた。『父』と同じシリーズを見つけて、読みふけっているようだ。

ぼくに気がついて、座ったまま不機嫌そうな顔を上げる。

「なに」

ぼくは手短に用件を言った。

「柿三小の六年が、クラスで来る」

ハチにでも刺された勢いで、あの子は立ち上がった。閲覧テーブルに駆けもどり、自分のランドセルをかかえる。

「もう、玄関に来てる」

ぼくはそう言ったが、わいわいがやがやと子どもたちは、エントランスからすでに一階フロアへ入ってきたようだ。

「急だったんだ、こういうときは、事前連絡があるはずなんだけど……」

ぼくの声なんて、耳に入っていないようだ。女の子はランドセルをかかえ、がくがくと震えだした。顔色は真っ青で、今にも崩れ落ちてしまいそうだ。

「静かになさい」

先生らしき人の声は、もう階段にかかっている。

女の子は真っ青な顔をぼくに向けた。

「あたしの、クラス」

弱々しくかすれた声をやっと出した。

「どうしよう」

今にも泣きだしてしまいそうだ。

ぼくはその子の袖をつまんだ。

「こっち」

そのまま、保存書庫へ連れて行った。


暗い保存書庫の中でも、あの子は震えていた。震えながら窓にくっついて、そうっとフロアの様子を見る。

ちょうど、柿三小の六年生たちが上がってきたところだ。

ぎりぎりセーフ。ぼくはほっとしつつ、向こうの中学生に声をかけた。

「少し、邪魔するよ、スタビンズ君」

スタビンズ君は油性ペンをにぎりしめている。きゅいきゅいと音をさせて、リサイクル本のバーコード消しにいそしんでいた。

妙にきりりとした横顔だが、今急に作業を始めたらしい。前髪に寝ぐせがついているし、朝ぼくが頼んだときから、コンテナ内の本はまるで減っていない。

さては、ずっと突っ伏して寝ていたな。シャーロック・ホームズでなくてもわかる。

「あ、えーと」

ぼくは女の子に向いたけど、名前を知らなかったので、こう呼んだ。

「ショウネンヒッコー君」

女の子はあたりをきょろきょろ気にしていたけれど、自分が呼ばれたのはわかったようだ。ちゃんとぼくの顔を見る。

ぼくはデスクをあごでしゃくった。

「ここで仕事を手伝ってくれる？　大丈夫、そう難しくはない。やり方は、この人がちゃんと教えてくれる、ね、スタビンズ君」

中学生は気取った感じで、肩をすくめた。

女の子は混乱しているようだ。まだかすかに震え呼吸も乱れ気味だ。そうっと、再び窓にくっついた。そこから見える二階のフロアでは、大勢の六年生たちが好き放題に歩き回っている。

ぼくはしばらく、黙って待っていた。

やがて、女の子は窓から離れ、ほうっと大きく息をついた。

「はい、手伝います」

さっきよりもだいぶ、落ち着いた声で答えた。

「……という経緯で、今までの富田アレクセイさんに加え、小学六年生の火村ほのかさんが、保存書庫に入ることがあります。みなさん、どうぞご配慮をお願いいたします」

朝の職場会でぼくが報告すると、加藤館長はへなへなとデスクへ視線を落とし、とうとう頭をかかえてしまった。

「あのう、そういうのって、せめて、中央館の人に報告した方が……」

「いえいえいえ」

「いいんです、いいんです」

「大丈夫だと思いますよ〜」

奥井さんや内海さんを始め、ベテラン司書の面々が食い気味に館長の疑問に応えた。

館長がちょっと気の毒になって、ぼくは付け加える。

「ふたりの処遇については、ぼくが責任を持ちます。上や外から何か言われたら、ぼくに教えてください。対処します」

利用カードを作ったおかげで、やっとあの子の名前と年齢が判明した。火村ほのかさんは、やはり小学六年生だった。

スタビンズ君とは違って、いつもはフロアの閲覧テーブル席にいて、積極的に図書館の仕事を手伝ってくれる。返却本の配架とか、館内の配布物の整理とか、おはなし会の補助まで、ここだけの話だが下手な職員よりよっぽど役に立つ。

保存書庫の中でスタビンズ君と同じ仕事をさせると、ふたりともおしゃべりしながら、けっこう楽しそうだ。たまにケンカになるので、そこは注意だけど。

それに、ほのかさんが隣にいると、スタビンズ君が何割か増しで機嫌がよく、姿勢がしゃっきりしてくれるから助かる。

職場会で言いきってしまった手前、ぼくは内心ひやひやだったものの、特にトラブルもなく、日々は過ぎていった。


十月も後半にかかった、ある日のことだ。

二階の児童カウンターにいたぼくは、久しぶりのお客様を見つけた。

向こうもぼくに気がついて、ぱっと笑った。

プリンセスはこっちに駆けてきて、ぼくとこぶしをぶつけ合って、

「『オワチャッ！』」

と叫ぶ、ニューヨーク式の挨拶を交わした。

「お久しぶりですね、ゆんさん。先日のプレゼントはいかがでした？」

「うん、サイコーだった。ひなもすっごくよろこんでた」

そう言ったものの、プリンセスには元気がない。ゆんさんはカウンターにもたれて、自分の足もとを見つめた。

「あのね、うち、もうすぐ外国にひっこすの」

「そうなんですか」

ゆんさんはしばらく、自分の足ばかり見ていたが、ぱっとぼくに振り向く。

「だからさ、うちもうここに来れない。おじさん、ひなにいっといてくんない？　うちがばいばいって、いってたって」

「ええ？」

ぼくは驚いた。どうして、ゆんさんは直接ひなさんに言わないのだろう。

そういえば、二学期になってから、ぼくはひなさんに会っていない。まさか、病気が再発したとかで、ゆんさんとも疎遠になったのか？

ぼくの疑問がわかったみたいに、ゆんさんが教えてくれた。

「ひなはね、病気が全部なおったんだよ。そいで、学校にずっといるようになったの」

「そうですか、ひなさん、お元気なんですね、よかっ」

ぼくは言葉を切った。ゆんさんの横顔はやっぱりさびしそうだ。

気がついて、ぼくは端末で利用者の情報を確認する。ひなさん、八月の末に貸りた二冊が延滞になっている。おそらく、その日以来来館していない。

なんとなくわかった。ひなさんは学校生活が忙しくなって、ゆんさんと遊べなくなっているんだな。学校の友だちができて、距離ができてしまったのか。

ぼくはちょっと考えてから、子どもにたずねた。

「えっと、今日はこのあと、ゆんさんはご予定がありますか？」

ゆんさんはよくわからないという顔で、ぼくを見る。

ぼくはカウンターの引き出しを探って、子ども向けのファンシー便せんを取り出す。

「ぼくも、ひなさんに会ったら、ゆんさんのことを伝えますけど、それよりもっとちゃんと伝えられる方法がある」

ゆんさんは首を傾げる。

「どんな方法？」

「お手紙を書いてみませんか？　ぼくが責任を持って、ひなさんにお渡しします」

ゆんさんの反応は複雑だった。数歩あとずさりしてから斜め上を見つめ、それから数歩こちらへもどって来た。

「おじさん、あのね、うちね……」

決然と眉を上げる。

「字がうまく書けないの」

ぼくはがつんと頭をなぐられた気がした。自分の愚かさにめまいを感じながら、ゆんさんに謝った。

「あ、それは、ごめんなさい、失礼しました」

それから愚かなりに考え、おそるおそる提案した。

「ゆんさんがお話したのを、ぼくが代わりに書きましょうか？」

ゆんさんは再び斜め上を見つめ、ぐりんと上半身全体を曲げた。

「うーん、それでもいいんだけど。すこーしなら、うちも書けるし」

ぼくは再び引き出しを探り、やわらかな書き味の水性ペンを探しあてた。

「なら、お手伝いをつけますから、がんばってみましょうか」

ゆんさんはぐりんと体を元にもどし、にっと笑った。

「うん、やってみる。なんでもチャレンジするのが、だいじだよね」


「そんなわけで、スタビンズ君よろしく頼むよ」

保存書庫の中で中学生の隣に小学生の座る椅子を設置しながら、ぼくは言った。

「えーっ、またおまえかよ」

スタビンズ君はぶつくさ言ったけど、この反応なら大丈夫そうだ。

「ミーシャ君、まだここにいるんだね？　ここってそんなに楽しい？」

ゆんさんがけっこう本質を突いたことを言うので、ぼくははらはらしながら、

「えっと、参考になるかはわからないけど、この本を見ると楽しいと思う」

絵本の『ことばのべんきょう　くまちゃんのいちにち』をスタビンズ君に手渡す。

「これはね、くまちゃんが朝起きてから夜寝るまでの間に、まわりにあったり目で見たりする、ありとあらゆるものの名前が載っている本だよ。ゆんさんは話すのは完璧だから、発音と字の関係がわかりやすいかなって」

スタビンズ君は薄い絵本をぱらぱらめくって、

「おあ、黒い電話。テレビとかの形もビミョー」

なんやかや言いながらも、楽しそうにながめだした。

「見せて見せて、あ、ほんとだー」

ゆんさんもいっしょにのぞきこんでげらげら笑うので、ぼくはひと安心して保存書庫を出た。

ひとつ、思いついた計画があった。

ぼくは事務室に入って、電話をかけた。

かなりねばったが、結局、受話器を置いた。世の中そうそううまくいかない。

ひなさんのお家は留守だった。留守番電話にもなっていない。昼を回ったばかりの時間だから、ひなさんはまだ学校にいるのだろう。

小さなケンが隣に寄り添っていた。

「ひなさんに期限のすぎた本のトクソクをして、今日図書館に来てもらえば、ゆんさんと会えるって、作戦だね」

力なくうなずきつつ、ぼくはフロアへもどった。

「うん。ゆんさんがいるうちに、あとでまた電話してみる」

それから一時間以上はたっただろうか。ぼくは保存書庫へ様子を見に行った。

スタビンズ君はぐったりデスクに突っ伏していたが、ゆんさんはぼくを見つけるとにっと笑った。その手には、一枚の便せんがあった。

ぼくはちらりとデスクを見る。下書きに使ったのであろう紙が、何十枚と散乱していた。どうやら、かなり大変な作業だったらしい。

「いつも悪いね、スタビンズ君」

ぼくが声をかけたけれど、中学生はうつ伏せのままだ。

「疲れた〜、こいつ、人の言うこと全然聞かないし〜」

ゆんさんは楽しげにでもちょっと恥ずかしそうに、ぼくに便せんを見せてくれた。

「読めるかな、これ」

——うちの　あんこうの　てかみ　みつけてくれて　ありかとう。

「あんこう?」

ぼくが聞くと、スタビンズ君がやっと顔を上げて、デスクに頬杖をつく。

「暗号なんだと。手紙を暗号でかくすつもりなんだってさ。おれ、そこまでは面倒見きれないよ。いっくら、こういうのは、点々をつけるんだって教えたのに、こいつわけわかんないことばっかりいってて」

「だって、てんてんつけると、なんだかきたない感じなんだもん。これは清らかな手紙なんだよ、ミーシャ」

ゆんが諭すように言うので、スタビンズ君は肩をすくめ両手を上げた。

「おれは、ミーシャじゃないよ、勝手にあだ名つけんな」

ふたりの子どもが言い合っているうちに、ぼくは手紙を読んだ。たしかに点々、濁点がないのでちょっと読みにくかったけれど、ゆんさんの気持ちはよくわかった。

「うん、とてもいい手紙が書けたね。ありがとう。スタビンズ君」

スタビンズ君はちょっと眉を上げただけで、再びデスクに突っ伏してしまった。

ゆんさんはぼくを見上げる。

「あのさ、こないだおじさん、うちらに絵本を読んでくれたでしょ、ほら、暗号のも」

「ああ、『きょうはなんのひ?』ですね。しかし、なぜ暗号にしたいんですか」

ぼくがたずねると、ゆんさんは少しさびしげな表情になる。

「ひながうちのこと、まだ友だちだって思ってくれたら、手紙をさがしてくれるよね。さがしてくれないなら……手紙も読んでほしくない」

いくらぼくが愚かだとしても、その顔を見たら胸が痛くなる。

「わかった。『きょうはなんのひ?』みたいな暗号を作って、図書館のあちこちに仕掛けましょう。きっとひなさんは探してくれますよ」

とにかくもう少し時間を稼ごう。ひなさんに電話がつながるまで。


ぼくとゆんさんは保存書庫から出てきた。閲覧テーブルに座って暗号を考える。

隣のテーブルでは、火村ほのかさんが知らんぷりの顔で本を読んでいる。

ぼくが考えたのは、こういう形式の暗号だ。

「クイズの問題を何個か作って、図書館のあちこちに隠す。クイズの数は五つから七つぐらいがいいかな。問題メモには次の問題の場所が書かれていて、それを探す。クイズに答えると、一文字ずつキーワードが手に入る。クイズを全部解いて、問題メモを、ある順番に並べてキーワードを読むと、ゆんさんの手紙のありかがわかる」

絵本『きょうはなんのひ?』では、女の子が家のあちこちに秘密の手紙を隠し、集めた手紙のキーワードを合わせると、ひとつのメッセージが現れるというおはなしだったから、この形式なら、ひなさんにもすぐにピンとくるだろう。

この手のオリエンテーリング的なクイズは、春の「こどもの読書週間」や秋の「読書週間」にイベントとして何度もやったことがあるから、ぼくにはノウハウが入っている。

「もんだいメモは、どんなじゅんばんで並べるの？　何枚にする？」

ゆんさんに聞かれて、ぼくは腕組みして天井を仰いだ。

「うーん、ひなさんが絶対にわかって、それでもちゃんと探さないとわからないくらいの難しさがいいんだよなあ」

ぼくとゆんさんが考えこんでいると、

「ねえねえねえ、その相手の子、図書館のカード持ってる？」

隣のテーブルから声がした。

振り向くと、ほのかさんだ。図書館の利用カードを持ってひらひらさせる。おなじみのカードには、七色の虹がデザインされている。

「「あ」」

ぼくとゆんさんは、カードを指差して同時に叫んだ。

ほのかさんはちょっと自慢げに微笑み、ランドセルを背負って帰っていった。


その日は夕方までかかって、クイズと暗号を作った。

赤、だいだい、黄色、緑、青、紺色、紫……それぞれの色のメモ用紙を用意して、ゆんさんの考えたクイズをぼくが書く。この問題メモをカードの虹の色と同じ順番に並べて、キーワードを読めば、ひとつのメッセージが完成し、手紙のありかがわかる。

作業の合間に、ぼくは何度か事務室に入って、ひなさんに電話をしたけれど、その日はとうとう連絡がつかなかった。

「ひなさんが図書館に来たら、すかさず、ぼくがクイズを仕掛けて解いてもらいます。絶対に手紙を渡すから、安心してね」

ぼくが言うと、ゆんさんはちょっと笑った。

「だからー、ひなが暗号をときたくなかったら、わたさなくていい。じゃあね、ばいばい」

帰っていくときは、やはりさびしそうだった。


ひなさんと連絡がついたのは、翌日だった。

電話に出たのは、ひなさん本人だった。ぼくが延滞本のことを伝えるととても驚いていた。すっかり忘れていたらしい。

図書館に駆けつけたひなさんは、ゆんさんにひどいことをしたと後悔していた。

学校の友だちから、ゆんさんのよくないうわさ話を聞いて心が揺れてしまった。ほかの人の前で、ゆんさんのことを「あんな子なんて知らない」と、つい言ってしまった。

お互い大好きどうしなのに、いろいろ事情や誤解があって、ふたりの間はどんどん離れてしまったらしい。

「ひなさん、ゆんさんに会いたい?」

ぼくが聞くと、ひなさんは全身を振りしぼるように声を上げた。

「はい、ゆんに会いたい、会ってあやまりたい、そしてまた、いっしょに……」

ぼくはこほんとひとつ咳ばらいをした。それから、すっとんきょうな声を張り上げる。

「しーらないのー、しらないのー」


ひなさんは必死に暗号を解いた。

クイズの答えは全部すぐにわかった。しかし、七つのキーワードの順番がわからない。

ひなさんはとうとう半べそになって、

「わ―――ん」

閲覧テーブルに突っ伏してしまった。

「ちょっと」

向かいの席からの声に、ひなさんはびくりと起き上がる。

「あ、ごめんなさい、うるさくして」

声をかけたのは、ほのかさんだった。下級生の前のせいかカッコつけて、ショートカットの髪をかき上げる。

「別にそうじゃなくて、それってさー、これの順番じゃない？」

ランドセルから図書館の利用カードを取り出し、ひらひらさせた。

ひなさんは目を見張り、大きく息を吸った。震える手でメモ用紙を虹色の順番に並べる。
「ナ、イ、タ……ア、カ、オ……ニ」

ひなさんは、とうとうゆんさんの手紙の隠し場所にたどり着いた。
手紙は、『泣いた赤おに』の本に挟まれていた。
夏休み、ゆんさんとひなさんが内容をめぐってケンカした本だ。
手紙をつかんで胸に押しあてるひなさんを、ほのかさんが静かに見守っていた。
この子のこんなやさしそうな顔、ぼくは初めて見た。
ひなさんは《おはなしのこべや》へ駆けこみ、食い入るように手紙を読んだ。

——ひなわもお　ともたちいるから　うちいなくも　さみしくない。
たから　かいこくいきます。
ともたちと　なかよくしてくたさい。
さよおなら。
いつまても　おけんきて。
いとしのひな　しあわせになてね。
とこにいようと、かわらない　あなたの　ともたちひなさんはずいぶん長い間泣きじゃくっていた。最後には、迎えに来たお家の人といっしょに帰っていった。

その背中を見送っていると、いつの間にかぼくのすぐそばに内海さんがいた。

「ふたりを会わせたかったね」

ぼくはうなずく。

「はい。でもあのふたりは、いつかまた、きっと会えるような気がします」

「それって、運命みたいなこと？」

内海さんの顔が近過ぎて、ぼくはうろたえる。

「ま、まあ」

「意外とロマンチックなんだね、ケンちゃんって」

くすくす笑いながら、内海さんは向こうへ行ってしまった。

どうやらぼくは、からかわれたらしい。

Ⅷ『ドリトル先生と秘密の湖』

もうすぐ十一月になるせいか、肌寒い日が続く。

今朝から、ぼくの体調はイマイチだ。体の節々が鈍く痛むような、つばを飲みこむとかすかに喉が引っかかるような。どうやら風邪（かぜ）のひき始めらしい。

このところずっと残業続きで、その疲れもあるのだろう。今日くらいは、定時の五時十五分に上がって、さっさと帰って早めに寝てしまおう。

明日からの日・月曜日は続けて休みだから、ここで回復しておけばきっと大丈夫だ。

そう考えて、早めに帰り支度を済ませた。


一階のフロアに下りたところで、夜番の加藤館長に呼びとめられた。

「犬上さん、ちょうどよかった、あのね」

この図書館は夜の九時まで開館している。定時に帰ろうとしても、こんなふうに帰り際に呼びとめられ、やっかいなレファレンス、いや、利用者の大事な相談ごとに巻きこまれ、そのまま一、二時間残業なんてことはざらにある。

だけど、今日のぼくには余力がない。司書資格を持った職員は、今夜の夜番にも最低ひとりはいるはずだし。申し訳ないけど、今日は断ろう。

ぼくは歩みを止め、館長を振り返り、

「すみません、ぼく……」

と言ったきり、こきん、と固まった。

館長の後ろに人がいた。館長よりも背が低いので、初めはすぐにわからなかった。

その人はスキップするみたいに、ぽろんと前に出てきた。

「司書さん、お仕事終わった？　もう帰りよる？　このあとおヒマ？」

一度に三つの質問を重ねて、河野さんは笑った。


図書館をいっしょに出て、駅への道を歩く。

さっきから、河野さんは何か話しかけてくるが、

「は、はあ」

ぼくはデクノボーのような応対しかできなかった。

頭の中がふわふわして集中できない。これって、都合のいい夢なんじゃないか。でも、夢にしたらだいぶ具体的で長く続くような。

ぼくはちらちら、隣を見た。

何度見ても、河野さんはちゃんとぼくの隣を歩いている。リュックには見覚えがあるが、コートを着ているのが新鮮(しんせん)だ。そうだ、前に会ったときはずっと夏だった。髪は相変わらずくしゃくしゃだけど、今日は後ろですっきりひとつにまとめているので細い首すじとピアスが見える。

冷たい風に当たりながら歩くうち、ほんの少し落ち着いてきた。どうやらこれは現実だ。できるだけさりげない調子を作って、ぼくは聞いた。

「で、今日はなんです？」

河野さんはぼくから目をそらし、両手の指をごにょごにょ組み合わせる。

「あのね、犬上さんのおばあちゃんが、ケンちゃんがここの図書館にお勤めやって教えてくれて……ここってわたしの学校からけっこう近いし……いっしょにごはんでもどうかなあって」

「ああ、そうなんですか」

河野さんが怒ったような顔になったので、ぼくはひやりとする。でも、怒ったのではなくて、ちょっと心細いような困ったような表情なのかもしれない。

どっちみち、それは、ぼくがちゃんと答えないからだ。

妙に真面目な声でたずねられた。

「迷惑(めいわく)やった？　このあと予定ある？　わたしのことストーカーやって思う？」

ぼくは思わず笑いかけ、口を押さえた。

「何よう、もう」

河野さんは眉根を寄せ、ぐうでぼくの腕をぽかりとなぐった。

「ごめん、その、カメの、奥さん……」

腕を守りながら、ぼくは切れ切れに言う。

「え？　カメ？　奥さん？」

河野さんはきょとんとなって、怒り顔をおさめた。

ぼくは大きく息を吸って、大きく吐いた。

「えっとですね、『ドリトル先生と秘密の湖』という本に、とんでもなく巨大で年寄りのカメと、その奥さんが出てきます。そして奥さんガメは、一度に三つの質問をする」

「年寄りの？」

今度の質問は三つ続かなかった。

ぼくは笑ってうなずく。

「はい、ドリトル先生はその大ガメにノアの箱船（はこぶね）の話を聞くんです。そのぐらいうんと年寄り」

「あは」

小学生みたいに笑い声をセリフで言い、河野さんはまたぽかりとぼくの腕をなぐった。

「なんやて、そりゃあわたしは、ケンちゃんより年寄りですよう」

「あ、すいません、そういう意味じゃ……」

そうやってふざけて歩きながらも、ぼくは後ろから近づく足音に気がついた。

内海さんだ。追い越しざまにぼくらをちらりと見て、そのまま先に行ってしまった。

ぼくは笑いを引っこめる。ぼくも内海さんも顔ははっきり見合ったのに、どちらからも声はかけなかった。

河野さんは両手を頭の後ろにやって、のんきに空を仰ぐ。

「なっつかしいわあ、ドリトル先生。読んだ読んだ」

ぼくは我に返って、先の三つの質問について回答した。

つまり、ぼくはちっとも迷惑と思っていないこと、このあとに特別な予定はないこと、あと、河野さんをストーカーとも思ってないこと。

河野さんはほっと息をつき、にっこりした。

「はあ、よかった。あ、言い忘れたけど、美理ちゃんも今日来たいって言うてたの、けど直前で急にお腹痛いって」

「ええ？　それは、お大事にとお伝えください」

ぼくは驚いたけれど、河野さんは笑う。

「ちょっと仮病くさかったんよ。あの子、きっとカレシと予定がでけたんでしょ」

「はあ、そうなんですか」

ぼくは口ごもる。

豊田さんにはカレシがいるのか。まあ、これくらいのコミュニケーションの達人には、お付き合いする人がいて当然なのかも……なら、河野さんにも？　そんなこととても聞けない。

考えこむぼくにかまわず、河野さんは明るく、自分の胸をこぶしで叩いた。

「ほな、うんとおいしいもの食べに行こう。この、おばあちゃんがおごったる」

「河野さん、根に持ってます？」

「当たり前やろ、わたし、ノアの箱船とか言われたんよ」

河野さんとぼくは一瞬顔を見合わせ、けらけら笑いだす。

ぼくは気がつく。今朝からの節々の痛みや喉の引っかかりが、すっかり消えている。いやはや、「病は気から」って本当にあるんだな。

ぼくらは線路沿いの飲み屋街、しあわせ横丁の奥の、小さな焼肉屋へ入った。

オーダーを済ませると、河野さんはリュックから紙のファイルを取り出した。

「これ、まだ途中なんやけど」

「はい？」

ファイルを受け取り開くと、最初のページに『竜鱗記(りゅうりんき)　犬咬次郎(いぬかみじ ろう)狛衛(こまえ)　分限由来(ぶんげんゆらい)』とあった。

「ええー、あれ、ですか？」

ぼくが驚いて顔を上げると、河野さんはうんうんとうなずく。

「うん、あれ。最初の冊子の半分くらい、現代文に訳してみました」

「うわあ、ありがとうございます」

ぼくはあわててページをめくる。これは読みやすそうだ。

ウーロン茶を飲みながら、河野さんはにこにこ話しだした。

「今も、うちの教室で手分けして調査しとる。次郎狛衛はまだ生まれてないんやけど、そのおかあさんがとってもおもしろいの。おかあさんだけで、一族郎党を組織して御家人並みの扱いになってて、これって、鎌倉時代後期の東国の女性としたら……」

はっと両手で口を覆った。

「お待たせしましたー」

ちょうど、注文した肉がどっさり届いた。

河野さんはそろりと両手をはずす。

「ごめんね、嫌やね、こんな早口でまくしたてて、興味ないよねえ」

まず野菜をロースターに置きながら、ぼくは笑う。

「いえいえ、楽しいです。これ、ばあちゃんや親戚たちに見せます。すごく喜びます」

河野さんはほっとした顔になる。

「そう言ってもらって助かる。犬上一族には、さすがにご負担かけまくったし、少しは喜んでもらわんと」

「そんな、調査に同行できて、ぼくはとても楽しかったですよ」

「ほんま？　ああよかったー」


河野さんは実においしそうにぱくぱく食べた。

ばら色のタン塩、マーブル模様にサシの入った上カルビ、なまめかしく光るレバーをそれぞれ二人前ずつ、その上キムチにナムルにチヂミをどっさり、丼いっぱいの白飯と野菜スープもたいらげた。

その光景を肴に、ぼくは生ビールを何杯か飲んだ。

「ケンちゃん、あんまり食べへんのね」

彼女はさっきからメニューを持ち、デザートの項目を見つめている。

その手からさっとメニューを奪い、ぼくは店員を呼んだ。

追加オーダーを何度も受け、いいかげんぼくの顔にも慣れたおねえさんがやって来たので、

「韓国風カキ氷ソフトクリームパフェ（特大）」を頼む。

「おお、それは」

感激に打ち震えた風情で、河野さんは声を上ずらせた。

「一番、高いデザートじゃあ」

ぼくはクールに、メニューでぱたぱた顔をあおぐ。

「だってさっきから、ずーっとそこに視線が刺さってましたからね」

「刺さってた？」

「はい。刺さってた」

河野さんは白い歯を見せ、あははと笑った。

ぼくの体はほこほこ温かい。少し眠いが……ビールが回ったのかもしれない……そうだこのところ忙しかったからな……とにかく、少し眠い……。


目を開くと、見慣れた青い闇だった。

ぼくは自分の部屋、自分のベッドにいる。

両手で顔を覆って、上下にこする。ごしごし髪をかきむしる。

「なんだ……やっぱ夢だったのか」

でも、幸せな夢だった。彼女の方からぼくを誘ってくれるなんて。彼女の笑顔は、手を伸ばせばすぐに届く距離にあった。やっぱり夢だ、夢だ、むしろ夢でよかった。ところが、

「ん？」

上体を起こし、くんくん空気のにおいを嗅(か)ぐ。

部屋中に独特の臭気(しゅうき)がこもっている。自分のTシャツの肩のあたりをつかみ、鼻まで引っぱり

上げる。くんくん、たしかにこれは焼肉のにおいだ。

「まさかとは、思うが」

慎重な手つきで布団をめくった。

「……うん、やっぱね」

そこには、どうしようもなく当たり前ながら、ぼく以外は誰もいない。ドラマやマンガでよくあるような、望ましくも恥ずかしい過ち(あやま)は起こっていなかった。

この中途半端な感じ、これこそリアルだ。

札入れを確認すると、明らかに万札が少ない。代わりに長い長いレシートがアコーディオンみたいに折りたたまれていた。ぼくが払ったんだな。けっこうな額だったな。

しかし、レシートの記録を見れば、ちゃんとふたりで入店している。

ぼくはほっと息をついた。

夢じゃ……ない。このレシートこそ、妄想(もうそう)に浮かされひとりで焼肉したのではという疑念を晴らす、しっかりしたエビデンス、物的証拠(しょうこ)だ。

以前からぼくは、酒に酔って記憶をなくすという体験談に疑いを持っていた。職場でそう言って嘆(なげ)く人がたまにいたが、冷ややかに聞いていた。

しかし自分の身に起これば、認めないわけにはいかない。自分の行動を自分が把握(はあく)していない、というのはなんとも頼りなく落ち着かないものだ。

万が一、おかしな振る舞いをしていたら、という想像をしたら体が震えてくる。

ぼくにはぼくが一番信用できない。普段抑圧(よくあつ)している腹の中の「怪獣」は、人の何倍も大きいに違いない。のったり、冷や汗が背中を下りていく。

だるい心と体を叱咤激励(しったげきれい)しつつ、なんとか起き上がった。今日、明日と連休だが、休日というものは寝ていたら、あっという間に終わってしまう。掃除に洗濯に買い出しに銀行での手続き、勤務日にはあと回しにしていた、やらねばならないことがたまりまくっている。

窓とカーテンを開け放し、着ていたものを全部洗濯機に放りこみ、歯を磨(みが)き、シャワーを浴びて出てきたら、
ぶーん、ぶーん……、
携帯が震えている。電話だ。

取り上げようと手を伸ばす。発信者名を見て、ぼくの心臓は凍りつきそうになる。

ぶーん、ぶ
「もしもし」

自分の声じゃないみたいだ。

――おはよう、ケンちゃん。今、駅に着いたんやけど。どこで待っとったらええ？

河野さんの声は、朝にふさわしくさわやかだった。

携帯を耳に押しつけながら、ぼくはぴんと気をつけの姿勢になる。

脳内にじわじわ昨日の焼肉屋の情景が浮かび、そこであったこと、自分が言ったこと、やったことが思い出されてきた。

そう……だ。酔っぱらって調子に乗ったぼくは、彼女をドライブに誘ったんだ。


火曜日。昨日で、ぼくの連休は終わった。

十一月になり、季節はカレンダーどおり、かちっと冬にシフトチェンジした。

暗く冷たい曇り(くも)の空に、大窓から見えるアケボノスギの枝も震えている。

二階の児童室で、ぼくは休館日翌日の名物、大量の返却本を書架にもどしていた。

絵本の書架の前にしゃがんでいると、ふと、背後に人の気配を感じた。

「ケンちゃん、どうなさったの？　さえない顔して」

内海さんが、肩越しにぼくの顔をのぞきこんでいた。けっこう顔が近い。

ぼくは書架から目を離さず、配架を続ける。

「ぼくの顔がさえないのは、今日に始まったことじゃありません」

「そんなことございませんわ、ご謙遜(けんそん)を」

耳もとでくすくす笑いだす。

「だって、土曜の帰り道、ケンちゃんの瞳はきらきら輝(かがや)いてたもん」

ぎくりと、ぼくは手を止めてしまう。朝は何も言われなかったから、つい油断した。しかし、ここで狼狽したのがバレたら、ずっとからかわれ続けるぞ。

ぼくは大きなため息をついて、振り向いた。

「仕事してください、内海さん。この配架が終わらないうちに配本車が来たら、残業ですよ」

「はーい。でも、勤労意欲がわかないなあ。ケンちゃんに彼女がいるなんて。どうりで、最近だいぶロマンチックなこと言うなあとは思ってたけど」

ぼくは書架に向き直って、配架を再開する。小さな声で言った。

「……彼女じゃないです」

「え？　どういうこと」

また、ぼくに顔を近づけてくる。花のような香りがする。

ぼくはもう一度大きなため息をついてから、立ち上がった。

「……内海さん」

「きゃー、ごめんごめん」

飛び跳ねるみたいにぼくから離れて、階段の方へ逃げていってしまった。

ぼくはきょろきょろフロアを確認する。あたりに利用者、特にほのかさんやスタビンズ君がいなかったのだけが、不幸中の幸いだ。

ぼくは二階の配架を片づけ、一階のワークルームでこれまた大量の予約本の処理にかかっていた。正直、作業が山ほどあって助かる。

気がつくと、小さなケンがぼくのそばにいた。

「日曜日のこと、あれでよかったの？　全然よくないよね？」

手を自動的に動かしながら、ぼくはごくりとつばを飲みこむ。

「もう、終わったことだから」

ささやいたが、ケンの往生際は悪い。

「だって、お昼まではとっても楽しかったじゃないか。わかんないよ、ぼく全然わかんない」

光の速度でレシートを本に挟みながら、ぼくはついつい思い出してしまう。

そうだ、お昼、あのランチの店までは、とても楽しかった。

日曜日の朝、電話を受けたぼくは、驚異の速度で服を着て財布と携帯と車のキーを持って、アパートを飛び出した。七分遅刻したが、どうやら不審に思われることなく、河野さんの前に車で到着した。まだ、ぼくの髪は濡れていた。

ふたりとも無計画ながら、なんとなく海を見に行こうと意見が一致した。砂浜を散策したり、大きな水族館へ寄ったり、世間でいう、ど真ん中のデートって感じだった。

河野さんは何を見ても、驚いたり笑ったりと反応が忙しい。それを横で見ていて、ぼくはとても楽しかった。

七年前、最初に会った博物館でも思った。女性とふたりきりでいるのに、河野さんとだと、ぼくはそれほど緊張せずに素直に楽しかった。会話が途切れることもない。ぼくにとっては初めてのことだ。ただただ、夢のような時間だった。

でも、ぼくはそのときからすでに、少し怖かった。

昼をだいぶ過ぎてから、ぼくらはとあるレストランに入った。シチューの専門店のようだ。風が強くて寒い日だったので、ちょうどよかった。

ピークタイムを過ぎていたせいか、ほかの客は少ない。ぼくらは窓際の席に案内された。大きな窓から、波立つ海と青空が見えた。カモメやトビが強風に飛ばされていく。

土鍋に入ったシチューが運ばれてきた。まだぐつぐつ溶岩のように煮えたぎっている。

ウエイターはぼくの顔をちらりと見て、さりげなく目をそらせた。

「あー、そっちのがよかった」

河野さんが、ぼくの魚介のクリームシチューへ伸び上がる。

河野さんのビーフシチューの方が豪華なのに。実際、値段からいってずっと上だし。

「交換します?」

ぼくの提案に、河野さんは眉間にしわを浮かべ煩悶しだした。

ぼくは笑いそうになる。なんて、食いしん坊なんだろう。

やがて、彼女はきっぱりうなずいて、

「うん、半分食べて、交換しようか」

妙案が浮かんだので心おきなく、はふはふスプーンを使い始めた。

「熱、熱っ」

食べながら、同時にしゃべろうとするので忙しい。

ぼくはほかほかの丸パンにバターを塗りながら、湯気の向こうの河野さんを見ていた。水族館でソフトクリームを食べただけだったけど、空腹はそれほど感じなかった。

「絶対口の中火傷（やけど）する。べろんって上あごの皮がむけんの」

「冷ましてから食べればいいでしょう」

「そらきた」

河野さんはスプーンを置き、よくわからない表情になった。

「ケンちゃんってつまんないね」

ぼくを責めているのか、ふざけているのか区別がつかない。

「ぼくは元から、それほどおもしろくないです」

このときは、河野さんから自分のことを言われるのがうれしかった。たとえつまらないとか、そういうネガティヴな言葉であっても。

「冷めたらおいしくないでしょ。リスクと引きかえのチャレンジにこそ、価値があるんよ」

ぼくはかすかにまぶたを下げる。河野さんって、頭のいい人だと思っていたけど、けっこう普通なことも言うんだな。

「リスクは嫌だなあ」

ぼくはようやく落ち着いたクリームシチューにスプーンを差し入れた。表面の膜が破れ、再び盛大に湯気があふれる。大きなホタテの貝柱をすくい、慎重に吹いてから口に入れる。

「だから、顔までいっつもつまんなそう、ていうか、怖かった」

ぼくはホタテを飲みこみ、ちらと目を上げた。なんだろう、腹の底がちくっとした。まさか、ここで顔のことを言われるとは思わなかった。

「まあ、たいがいの人は怖がります。図書館でも、子どもによく泣かれる」

河野さんは丸パンにバターを塗り始める。

「違う。そういう意味やない。ケンちゃんは親切やし、礼儀正しいし、人の話もよう聞いてくれる。でも、いっつも外の人みたい」

「外の人？」

ぼくはシチューを見つめながら聞いた。

「わたし、小学校のときスイミングしてたの」

パンにはばまれ、河野さんの声はもそもそ鳴った。グラスの水で飲み下す。

「温水プールで、おかあさんとかは高いとこにおって……体育館にあったよね？　学園祭とかで照明係が立ってるとこ。あそこ上がると思いのほか高いの。わたし、高いとこはけっこう好きやけん、学校にそういう場所があるんはおもしろかった。プールにあったのは観覧席ってほどちゃんとしたのやないけど。で、わたしがおかあさんに気がついて、手を振ったら、おかあさんの方でも振り返して。『見てて、これから潜水しよるよう』ってわたしが叫んだら、ちゃんとおかあさんに届くくらいの距離で。で、コーチに『こらひとみ、集中せんか、事故のもとじゃあ』とかって怒られる。まったく、すぐ怒りよるコーチやった」

話しながらも、ビーフシチューやパンはちゃくちゃくと片づいていく。

ぼくはイカリングを危なっかしくスプーンに引っかけ、熱いままほおばる。たしかに熱い方がうまいかな。

「あれ」

河野さんはくしゃくしゃの自分の前髪に手をやる。

「わたし、何の話してた？」

ぼくが目をそらし考えるふりで、

「スイミングを習っていたときの思い出を」

と答えると、くくくと肩をすくめた。

「だからね、ケンちゃんはそこから下りてきて、いっしょにプールで泳がんと。いつもぼくは関係ありませーんって顔で、上から見よるだけなんてつまらんでしょ。そりゃ無愛想な顔にも怖い顔にもなりよる」

ぼくはスプーンを置いた。ほとんど減っていない土鍋を、河野さんの前に押しやる。

「嫌でなければ、食べてください」

「怒った？」

河野さんは意地悪そうな上目遣いで、土鍋を引き寄せる。

「怒ったなら、表に出せばいいのに。言いたいこと言えばいいのに」

「怒ってません」

ぼくは大きく息をついた。腹の中はさっきよりずっとちくちく痛い。

「ただ、あまり顔のことに触れられたくないし、ぼくは泳げない」

河野さんはぱちりとまばたきをした。テーブルにひじをのせ、身をのりだす。

「泳げんの、全然？　海が好きなくせに？　学校で教わらんかった？」

わざと質問を一度に三つ重ねたんだろう。でもぼくは気がつかないふりをした。

「話題を変えましょう。ぼくのことなんてどうでもいいじゃありませんか」

声にいらだちが混じってしまう。

「やっぱ、怒りよる」

河野さんは肩をすくませ、ぶつぶつ言いながらクリームシチューにとりかかる。

なんだこれ、理屈がわからない。河野さんの方がよっぽど怒っている。鎌倉武士みたいに粗暴なふるまいでシチューをかきこみ、パンをちぎった。

交換のはずのビーフシチューはほとんど残っていなかった。契約違反を責める気はなかった。

ぼくは椅子の背もたれに腕を乗せ、海に目をやる。

目の前がぼんやり暗くなる。やはり、ぼくの体調は万全ではなかった。

「このアザのせいで、親に捨てられたんです。小学校に上がる前のことですけど、ぼくのせいで両親の間にはいさかいが絶えなかった。父が家を出て行くと、母はぼくを持て余して、実家に預けた。ふたりとも、それきりだ」

河野さんがどんな顔をしているのかすら、気にならない。

「学校でも苦労しました。こんな顔の子どもが、どんな扱いを受けるのか、大体想像がつくでしょう。小学校では、いろんなことがぼくだけ特別扱いでした。プールは当然、見学だった」

ぼくだけ、担任の先生から図書室の鍵を貸してもらい、プールの時間はずっと本を読んで過ごした。

図書室の窓から入ってくる風を感じる。セミの鳴き声と級友たちの歓声、塩素のにおい。

「ちょっと！」

怒った声がさえぎった。

気がつくとぼくは大人で、海辺のレストランにいる。

「なんやそれ、ツッコむとこ多過ぎじゃ」

河野さんは腕を振り回し、真っ赤なおでこからは今にも湯気が出そう。昔のマンガの人みたいに怒っている。

ぼくはあせって言い訳した。

「その時間は、決して悪くなかったんです。だからぼくは、ずっと傍観者(ぼうかんしゃ)のままでいいんです。余計なことをして、冒険やリスクに巻きこまれるのはごめんです」

それでも河野さんは怒っている。

「サイテーの親、教師」

ぼくには、河野さんがなぜこんなに怒っているのかがわからない。そもそも、どうしてこんな話題になったんだっけ。ただただとまどった。

「でも、ばあちゃんじいちゃん、親戚たちには大事に育てられました。仕事も毎日、親切な人に囲まれて、とても楽しいです。だから、今はとても幸せです」

河野さんは赤い顔のまま、眉を寄せる。

「ほんまに?」

どうしてこの人は、ぼくのことでこんなに怒ったり、心配したりするのか。

ぼくは決して自分のことを過大評価しない、するわけがない。でも、彼女の顔を見ていたら、その答えは外しようもない。

だから、ぼくは薄く笑って言った。

「はい、これで十分です。これ以上何かを望んだら、バチが当たる」

笑いながらも、視界は暗く、腹の中は冷たくしんとしていた。

「それに、河野さんからもこんなに親切にしてもらえたし」

「親切?」

河野さんは顔を上げる。

「河野さんはとても親切です。こんな面のぼくといっしょに、人の多いところを歩いてくれた。つまらない話にも笑ってくれた。本当にありがとうございます」

「ケンちゃん、何、言うてんの?」

河野さんの表情は、ぼくの予想通りだ。

体の節々がみしみし痛む。耳も額も頬もほてって、熱があるような気がする。ぼくはぺらぺら話し続けた。

「ただ、ぼくは、世間並みの恋愛とか結婚とかは望んでないんです。ぼくの人生はただでさえ冒険だ。それも両親すら途中リタイアするほどのハードモードの。ほんの気まぐれに、からかったり、横を歩いたりするぐらいなら、楽しいだけでいいんですけどね」

さっき赤かった彼女の顔から血の気が引き、白い肌にそばかすが目立つ。

河野さんは静かに席を立った。

「悪いけど、わたし寄るところがあるから、先に行く」

「え? 言ってくだされば、どこへでもお送りしますよ」

彼女が伝票をとろうとするから、ぼくも手を伸ばす。一瞬彼女の方が早かった。

「ううん、ええの。ひとりで歩きたいの。運転ありがと」

その声は今までになく冷たく、動作と表情はぎくしゃくしていた。

河野さんが去ってからも、ぼくは長いこと座っていた。

アパートに帰ってすぐぼくはベッドに倒れ、翌日の月曜の夕方までこんこんと眠った。

夕方に起きたら、熱も痛みも引いていた。洗濯機の中に放置された洗濯物を発見し洗濯し直し、冷凍のおにぎりを温めて食べた。だんだん意識がはっきりしてくる。

おにぎりの横で、ケンが叫ぶ。

「わかんないよ、ぼく全然わかんない。なんであんなひどいこと、こうのさんにいったの？」

「ぼくが話したのは、正しい理屈、正直な気持ちだ」

やさしく諭すように言ったのに、ケンは叫び続ける。

「わかんないよ、ぼく全然わかんない。前にうつみさんに断られてこわくなっちゃったの？」

「違う。あのときはすごくショックだったけど、今ではなんでもない」

「ならなんで？　こうのさんのこと、君は好きじゃないの？」

ぼくは頭をかかえた。

「だから、早いうちに不幸の芽を摘むんだ。河野さんがぼくの言葉に傷ついたとしても、それだけで済むならいいんだ。いっしょにいて楽しいってだけの理由で、この先何度も何度も、彼女を傷つけたくない。ぼくのせいで、人前に出るごとに目をそらされたり、ひそひそ陰口叩かれたり笑われたりしてほしくない。好きな人がぼくのせいで傷つくなんて、耐えられないんだ。わかってくれ、わかってよ、ケン」

でも、ケンは叫び続ける。

「わかんない、ぼくわかんない」

「ぼくはとってもバカだった。ぼくに好意を抱いているかもしれない人と、いっしょにいられて有頂天（うちょうてん）だった。それだって、一時の気の迷いか同情のせいに決まってるのに。つい浮かれて、先のことを考えなかった。ぼくはひとりで生きていく。ぼくの運命につきあって、いっしょに傷つく人なんていらない」

やはりケンは叫び続ける。

「わかんないよ、ぼく全然わかんない」

「やめてくれ、もう責めないでくれ！」

叫び返して、はっとする。

ぼくは火曜日の、図書館のワークルームにいた。予約本の処理はもうすべて終わっていた。

Ⅸ『ラチとらいおん』

仕事に没頭しようとした。ぼくにはこれしかない。

でもなぜだろう、以前のように図書館の仕事が楽しくない。ただ、あっちの砂場の砂をかき集めて、そっちの砂場へ流しこむみたいだ。そっちがいっぱいになれば、そっちの砂場でかき集めた砂をあっちへ流しこむ。その繰り返しだ。

この間は、利用者からぼくの顔のことでクレームが入った。ぼくにとっては、車窓の風景みたいなものだ。ただ通り過ぎるのを待つだけ。仕事上のことだから、特に何とも思わない。

ただ、場所が悪かった。児童室のカウンターで、大声で怒鳴(どな)られたものだから、ほのかさんやスタビンズ君までが保存書庫から出てきた。早乙女さんたち、常連のママさんたちも寄ってきて、みんなで、クレームを言った利用者へ食ってかかった。

正直言って、ぼくは身の置き所がない。つまらなそうな顔をして立っているしかなかった。

やっかいなことは続き、それからほどなくして、ほのかさんの担任の先生と中央図書館の清見次長が来館した。同級生が、図書館でほのかさんの姿を見つけて、先生に報告したらしい。

ほのかさんは保存書庫へ逃げこみ、ぼくが先生たちに応対した。

「火村ほのかが、ここに来ていると聞きましたけど？」

担任の先生をひと目見て、すぐにわかった。無気力で目の前のやっかいごとを見ないふりで過ごしてきた人だ。児童の報告がなければ、ここにだって来たくはなかっただろう。

「さあ、どうでしょう」

ぼくが答えると、清見次長がいろいろ言いだした。

先生もいっしょになって、いろいろぼくに話しかける。

「ぼくには答えられません」

のらりくらりとかわそうとしたが、ふたりは納得しない。

先生はともかく、清見さんはいったい何を考えているんだ。「図書館の自由」に利用者の秘密を守ることが謳われていることぐらい知ってるくせに。このケースで、現場がおいそれと利用者の個人情報や貸出記録を開示すると、本気で思っているのか。これがいつか高橋が言ってた、例の公私混同？　ぼくが白と言えば黒と言いたいだけ？　まったく理解不能、徒労の極みだ。

「先生もお忙しいなか、こうやって子どもを心配して……」

訳知り顔に言われ、ぼくはつい、かっとなった。

「子どもを心配？」

立ち上がって、次長をにらんだ。

「あなたがたは結局、自分らが、仕事をなまけてると思われたくないだけでしょう？」

「なんだと」

次長とにらみあっていると、おろおろ先生が間に入った。

「そもそも、小学生が平日の昼間から来ていたら、学校はどうしたと問いただすのが、大人の常識じゃないのですか？」

ぼくの腹の中では、とっくに「怪獣」が目を覚ましていた。今の今、保存書庫の中のほのかさんがどんな気持ちでいると思う？　九月から今日まで、あの子がどれほどしんどい思いをしてきたと思う？　それを知らないふりで放置し続けた大人が、わかったようなことを言うのか？

「問いただしたら、その子はここに、もう来られない。次はどこに行くんですか？　そうやって、子どもの行き場をなくし、追いつめろというのですか？」

ぼくの声は、二階のフロア中にとどろいていた。

先生は青ざめた顔で立ちつくす。よく見れば、この男性の顔には疲労(ひろう)の色がべっとり濃(こ)く塗りこめられている。

ぼくの頭に集まった熱い血が、みるみる引いていく。図書館でのほのかさんの様子を彼が知らないのと同じに、ぼくはこの人の事情を何も知らない。それなのに、正義面(せいぎづら)して一方的に怒鳴りつけてしまった。

その後館長が間に入って、ぼくらは事務室に入った。お互い、さっきよりは冷静になれた。

ほのかさんの担任の先生は、ぼくに理解を示し、別の方策を探すと言ってくれた。

「火村ほのかが、ここで穏やかに過ごしているとわかって、ほっとしました」

ぼくが顔を上げたので、わかっているとでも言いたげに先生はうなずいた。

「もし、あの子が図書館に来るようなことがあれば、もう少し見守ってあげてください。今さらながらで大変お恥ずかしいですが……ぼくもあの子のために、やるべきことをやりますので」

とつとつと話す先生の言葉を、ぼくも加藤館長も清見次長も静かに聞いた。

ぼくの「怪獣」はすっかりなりをひそめた。こちらこそ、よっぽど恥ずかしい。


来月には、児童担当者にとっての大イベント、「クリスマススペシャルおはなし会」がある。内海さんと奥井さんとぼくの三人で、何度か打ち合わせをした。

内海さんがいたずらっぽく目を輝かせる。

「ねえ、わたしいいこと考えちゃった」

ぼくはちょっと身構える。内海さんのこの表情は大変にかわいらしいのだが、過去の例を鑑みると、めんどくさいことを押しつけられる前兆だ。

「スタビンズ君とほのちゃんに、手伝ってもらうの」

「ええ、あのふたりは人前には出ないでしょ……あ」

首をひねりかけたものの、奥井さんは妙案を思いついたみたいだ。

「大型紙芝居がある。あれの声優さんやってもらう？」

ぼくはほっとして、身構えを解いた。

「それはいいアイデアですね。こっちも人手不足ですし、助かります」

内海さんは人差し指をくるんと回し、びしっとぼくを指差した。

「それでは、さっそくスタビンズ君とほのちゃんに依頼してくれたまえ、犬上さん」

やっぱり、めんどくさいことを押しつけられた。

とは思ったものの、結局は内海さんががっつり押してくれて、ふたりの子どもは引き受けた。

ほのかさんがこぐまの役で、スタビンズ君がサンタクロース。ふたりとも、ぼくが思うよりずっとノリノリで、保存書庫の中で、仲よく練習を始めた。

この時期、児童担当者は忙しい。通常業務に加えて、イベントのチラシやプログラムを刷ったり、ポスターや会場の飾りものを作ったり、配布用のプレゼントを用意したり。クリスマスツリーは飾り終わったし、クリスマス絵本もごっそり書庫から出してテーマ展示した。

おかげで、館内のクリスマス気分もなかなか盛り上がってきた。

保存書庫内のスタビンズ君とほのかさんの具合はどうかなと見に行くと、演技方針をめぐってケンカしている。子どもというものはなかなか目が離せない。

ぼくはケンカを仲裁し、ひたすらお願いする。

「何にしても、がんばってよ、おふたりとも。もう日にちがない」

そんなぼくに、スタビンズ君はあやしく微笑んだ。

「ねえ、それはそうと、イヌガミさんは、クリスマスイブだれとすごすの？」

まばたきするくらいの合間に、ぼくの頭に浮かんだのは、くしゃくしゃ頭の女の子だ。なぜ。もうとっくに終わったはずなのに。

ぼくはつまらなそうな顔を作る。

「平常営業ですけど。ぼくんちは代々、浄土真宗なんで」

スタビンズ君は詐欺師みたいな顔でぼくに近づき、目の前に封筒を突き出す。

「これ、オトネトリオのライヴなんだけど……」


いったん、ぼくはきっぱり断った。

利用者から個人的に物品を受け取るのは、職業倫理上にも法規の上にも禁止だ。しかも、有名なジャズトリオのなかなか手に入らないプラチナチケットだという。非売品の招待券だとしても、市場価格に換算したら大した金額になるだろう。

ただ……おそらく、たぶん……ぼくはたまたま体調が悪かったのかもしれない。記憶の一部に欠落がある。気がつくと、ペアチケットの入った封筒はぼくのバッグの中にあった。受け取った記憶がないから、スタビンズ君が勝手に入れたのかもしれない。

だったら仕方がないか。いややっぱり、明日スタビンズ君にチケットを返すべきだ。しかし、館内で大騒ぎされると困るし、彼も迷惑だろうし、第一、好意を無にしたら、今後の信頼関係にも関わる……ぐるぐる考えるうち、ぼくは家に帰り着いていた。

ベッドに座って、ぼくはチケットの封筒とともに携帯をにぎった。

小さなケンがぼくの手もとをのぞきこむ。

「こうのさんを誘おうよ。ぼくはこうのさんが大好きだよ。いっしょにいるととっても楽しい」

ぼくはぎくりと身をすくませる。

「どの面下げて連絡できる？　おれは彼女を傷つけたんだぞ」

思わず床へ携帯を投げ捨て、ベッドにうつ伏せに身を投げ出した。

ぼくの肩を、ケンは何度も揺さぶる。

「だって、忘れられないんだもん。ぼくはこうのさんが大好きなんだ」

「待て、待て、じゃあ、こういうのはどうかな」

ぼくは顔を上げ、ケンをなだめる。

「いっしょに行くとは限らない、ただ、こういうチケットがあるけど、興味があればお譲りしますと、連絡するくらいはいいだろう。ぼくらは」

寝転んでいるだけなのに、息が切れる。

「……まだ、知り合いではあるのだから。知り合いがチケットを譲るなんてありふれた話だ」

ケンはむんと口をへの字に結んでいる。

「ぼくは、こうのさんが大好きだ」

聞かないふりでぼくは起き上がる。携帯を拾い上げ、ぽつぽつメッセージを打った。

「クリスマススペシャルおはなし会」は、最後の大型紙芝居も含め、大盛況、大成功だった。

その夕方、ぼくはひとり地下の倉庫に残っていた。今日使った照明や小道具類の最終チェック、プログラム内容や参加人数の記録など、引き継ぎのためのあと始末を済ませておきたい。

ポケットから携帯を出し、ちらりと確認する。

「読まれてもいないの？」

小さなケンが画面をのぞきこむ。

彼女にメッセージを送ってから五日はたっていた。ぼくはさっさと携帯をしまう。

「うん、これはたぶん、ブロックされたな」

戸口の方で、人の気配がした。

「お疲れ様でーす。なんか手伝おっか、犬上さん」

そろっと入ってきたのは、内海さんだ。夜番でもないのに、彼女が五時過ぎに館にいるのは珍しい。ぼくはちょっと驚く。

「あれ、保育園のお迎えはいいんですか？」

「うん、濯は昨日から、ばあばたちとお泊まり旅行なの」

ならば遠慮なく、ややこしい大型紙芝居の舞台機材のチェックをお願いした。

てきぱき仕事をこなしながら、内海さんはぼくに笑いかける。

「クリスマス会大成功だったね。わたし、久しぶりで楽しかった」

「はい、内海さんも奥井さんもブランクを感じさせない余裕の演技でした」

「まあね、うちら読み聞かせは家でもずっとやってるし」

内海さんは手を止め、落ち着いた声になる。

「ほのちゃん、担任の先生と、あれはおとうさんなのかな？　いっしょに帰っていったね」

「……はい」

ぼくも声を低める。

担任の先生はやっと保護者と連絡をつけ、今回のおはなし会にほのかさんが参加するのも聞きつけた。おとうさんとこっそり会場にいて、すべて終わったあとにあの子に声をかけたんだ。

ほのかさんは特に大きな反応を見せなかった。淡々と、おとうさんと先生といっしょに図書館を出て行った。

「ほのちゃん、もう図書館には来ないのかな……ケンちゃん、気にしてたりする？」

気がつくと内海さんは近くにいて、すくうようにぼくの顔をのぞく。

「別に、犬上さんが今日のイベントのことを、先生に知らせたんじゃないし、ほのちゃんもこのまんまでいいわけじゃなかったし。だから、これがベストだと思うよ」

「そうでしょうか」

ぼくには自信がない。

「そうだって。今年度中にカタがついて、わたしほっとした。ほのちゃん、きっとずっと今より幸せになるって」

内海さんはまた機材のチェックにもどったが、少しして急に声を上げた。

「これ、なつかしかった。またできるとは思ってなかった」

感慨深げに巨大な紙芝居をめくる。プログラムの大トリ、『サンタクロースとこぐま』は、この図書館のオリジナル作品だ。

「ずっとやってました。青柳さん、霜月さんの入る前からあった伝統のプログラムですから」

「そうなんだ、じゃあ二十年、いや三十年はたってるか」

「ぼくはきっと生まれてないですね」

「何よ、年下だからって勝ち誇っちゃって。わたしだってきっと生まれてないもん」

内海さんが変な顔でにらみつけるのがおかしくて、ぼくは笑った。

「あ、やっと笑った」

内海さんはぼくの真正面に立った。ふいにひやりとする。ぼくの右頰に、内海さんの細い指が触れている。

「最近ずっと、元気なかったから心配だったの。あの子とうまくいってないの？」

すぐ近くでじっと見つめられ、ぼくは固まってしまう。目をそらすことも、呼吸をすることもできない。からからの喉を振りしぼった。

「だから、最初から、付き合って、ない、です」

倉庫の薄黄色の照明に照らされ、内海さんの茶色の虹彩がかすかに揺れた……ように見えた。

「なら、ケンちゃんの隣、今空いてる？　わたしにもチャンスある？」

「え、」

内海さんはにっこり微笑む。やっぱり、この人はとてもきれいだ。

「何よ、そんな困った顔しちゃって、ムカつく」

ぎゅっと頬をつねられた。

「あだだだだ！」

ぼくが叫ぶと、笑いながら指を離す。それから腕時計を見て、

「あ、ちょうど時間だ。今日は子ども抜きのママ会なの。心おきなく飲みまくるぞー」

スキップみたいな足取りで、さっさと倉庫を出て行った。


ほのかさんは次の次の週に、来館した。

「三学期から、保健室で勉強することになった」

ぽつぽつ事の経緯を話してくれた。その顔はかなりすっきりして、肩の荷が下りたというふう

だったので、ぼくも少し気が楽になる。

ほのかさんがもどって来て、一番喜んだのは、スタビンズ君じゃないのかな。最近は、保存書庫を出て、よくフロアにいる。この子にも変化の兆しが見えてきたようだ。

なんにしても、来年度はこのままではいられないのだから。

ため息を隠しながら、ぼくは赤い魚でぎっしりの箱を見つめる。あんなにたくさんあった折り紙はなくなり、いよいよ壁面構成にしなくてはならない時期が迫っていた。しかし、ほのかさんがせっせせっせと折ってくれたおかげで、最初予定していた絵本コーナーの壁面では、狭過ぎるかもしれない。

「イヌガミさん、そういえばあのチケットどうした？　いよいよ今晩だけど」

いきなりスタビンズ君に聞かれ、ぼくは動揺する。

ほのかさんも興味津々という顔で、ぼくに迫る。

「ええー！　今日って、クリスマスイブだっけ？　あれもらったの？　イヌガミさん」

「ああっと、いっけねー、今年の発注今日までだ。忘れてた、やばい、やばい」

ぼくはあせって事務室へ退散した。

その夜、ぼくはワークルームで予約のお知らせ電話をかけていた。

たまに自分の携帯をチェックするが、当然のことながら、河野さんからのレスポンスはない。

メッセージを読んだ気配すらない。

「もう、いいかげん吹っ切らないと」

携帯をしまいながらつぶやくと、ケンは大きく口を横に広げた。

「ええ、もっかい送ったら？　てか、電話してみたら？」

「いやいやいやいや、ないないないない」

ぼくは左右にぶんぶん首を振ったが、カウンター方面から人が入ってきたのでやめた。

内海さんだ。コートを着てマフラーを巻きバッグを肩にかけて、すっかり退勤スタイルだ。

「犬上さん、イブなのに夜番？　かっわいそー」

にこにこしながら、ぼくをからかう。

「あ、お疲れ様です」

ぼくは不自然に視線をそらせたが、内海さんは通常営業だ。こないだの倉庫での出来事なんて
この人にとっては、なんでもないことなんだろう。

「じゃね、お先に失礼しまーす」

ぼくは会釈(えしゃく)で内海さんを見送り、何の気なしにエプロンのポケットに手を突っこんだ。

「あ」

がさっと手に紙が触れた。なぜ、こんなところに例のチケットが。

待てよ、これこそ運命なのかもしれない。

ぼくはとっさに立ち上がり、内海さんの後を追って通用口から、暗い外へ出た。

「内海さん！」

内海さんはきょとんとした顔で、ぼくを振り返る。

「急で悪いんですけど……」

震える手で二枚のチケットを差し出した。

内海さんはチケットを受け取り、通用口の窓からの明かりに透かせる。

「あー、オトネトリオ！　すごい、よく、とれましたね」

素直に大喜びの声を上げた。

「今夜の今夜なんですけど……内海さん、行けますか」

「くださるの？　わたしに？」

内海さんは大きな目をもっと大きくして、チケットを胸に押し当てる。

「もちろん」

ぼくは何度もうなずく。

「うれしい！　絶対行きます！」

いきなり両手をつかまれた。内海さんの手はいつも冷たい。ぼくの心臓はばくばくして、上下左右の区別もつかない。ただ、目の前のきれいな目ばかり見ていた。

「ホントに？」

「ええ、間違いなく」

にぎったぼくの手を大きくゆすりながら、内海さんの表情が変わった。相変わらずの笑顔ではあったけれど、それがくるりと邪悪ないろに塗りかわった。

「彼、すっごく喜ぶ。わたし、彼の影響でジャズが好きになったの。なんてすてきなクリスマスプレゼント……」

彼女はいろいろ話し、それに応えてぼくもいろいろ話したが、どちらもよく覚えていない。気がつくと、ぼくは暗くて寒い外に、ひとりぽつんと立っていた。二枚のチケットとともに、内海さんは軽やかなステップを踏んで、とっくに消え去っていた。

「ふう」

白い息を吐いて、ぼくは暗い空を見上げる。ちら、ちら、と雪が降り始めていた。

内海さんはすべてを見抜いていた。あの邪悪ないろは彼女のものじゃない。人を利用しようとした、さびしさを適当に埋めようとした、ぼくの邪悪さが映っただけなんだ。

つくづく、自分が嫌になる。

さて仕事をしますか。通用口のノブに手をかけたとき、

「きゃっ」

すぐそばで子どもの声がした。

「何してんの？」

つつじの植え込みの向こうで、ほのかさんがしりもちをついていた。

よりによって、ほのかさんはお使いもののホールケーキの箱の上にしりもちをついていた。

とりあえず、ぼくは子どもとケーキを事務室に入れた。

すりむいた子どもの手には応急手当をしたけど、ケーキの方は、おはなしの『エパミナンダス』がよーく気をつけたように「まァまん中」からつぶれていた。

思わず笑いかけたけど、子どもの顔を見たら笑いごとじゃない。

ぼくはエプロンの上からコートを着こみフードをかぶった。それから、

「事務室にケーキあるから、好きなだけ食べて」

と、同じく夜番の奥井さんを丸めこむと、ほのかさんといっしょに図書館を出た。

ちらちら舞う雪の中、並んで歩き始めると、ほのかさんはごく自然にぼくの手をにぎった。

ぼくは内心びくりとしたけれど、子どもの手を振りほどくわけにもいかない。

とても小さく、温かい手だ。

「いいのかなあ」

ほのかさんが心配しているのは、あのケーキのことだ。ぼくはつまらなそうな顔で言った。

「味は変わらない」

さっきのケーキの包装紙には見覚えがある。いつか高橋に紹介した駅前のケーキ店だろう。

さすがクリスマスイブだ。小さなケーキ店は客でいっぱいだった。

ぼくが店に入ると、ほかの客がざっと引いたので、すぐに同じ種類のケーキを買えた。

「ありがとう」

店を出ると、ほのかさんはか細い声でぼくにお礼を言った。ぼくに対するほかの客の反応にだいぶショックを受けたようだ。

また手をつないで、ぼくらはほのかさんの家を目指して歩く。

しばらく行くと、ほのかさんがやっぱりか細い声で聞いた。

「ねえ、イヌガミさん、顔のこと、聞いていい?」

「いいよ」

ぼくは自分のアザについて説明した。生まれつきであること、誰にも感染しないこと、遺伝でもなさそうなこと。でも、ほのかさんが一番気になるのは、別のことだったようだ。

「いたくないの?」

痛くもかゆくもないとぼくが答えると、心底うれしそうだった。

奇妙な気分に乗せられて、ぼくは子どもにあれこれ話していた。アザは全身にあること、子どものころはひどくいじめられたこと、ずっと本を読んで過ごしていたことなど、ぺらぺらしゃべっていたが、はっと気がつく。

ほのかさんが泣きだしていた。

ぼくはその場にしゃがんで、子どもにティッシュを差し出す。少し迷ったけど、子どもが顔をふいている間にコートのフードをとって顔をよく見せた。

「触ってみる？」

小さな温かい手がおずおず、ぼくの顔のアザに触った。

「あったかい」

いつの間にか、ほのかさんは泣きやんでいた。

「そうだよ、ほのかさんと同じだろ。色と形がちょっと違って見えるだけだ」

図書館でもぼくは何人かの子どもに、アザを触らせたことがある。アザを触った子どもは、みんなとても安心する。それは、ぼくを知ってくれたということなんだろう。

「知ればその分怖くなくなるから、より広いところへ行ける。知ることは便利な道具だよ」

ぼくの講釈に、ほのかさんは腕を組んで考えこむ。

「暗い部屋へクレヨンをとりにいくのがこわくっても、ちいさなあかいらいおんのしっぽをにぎっていればへっちゃらだ、みたいなことかな」

「ご名答、ラチ君」

ぼくらはいっしょに笑った。ラチとは絵本『ラチとらいおん』の主人公だ。突然現れたちいさなあかいらいおんの助けを得て、怖がりのラチはだんだん勇気ある男の子へ成長していく。

笑いながら、ぼくは考える。ぼくや、ぼくといっしょにいる人を傷つける、すべての人たちに、知ってもらうことは可能だろうか。

気がつくと、小さなケンが横を歩いている。

「君は、暗い部屋へクレヨンをとりにいけるの？　こわいって思いこんで、やりもしないでしりごみしてるんじゃないの？　人を傷つけたくないっていってるけど、本当は、自分が傷つきたくないだけじゃないの？」

小さなケンの言葉は、ぼくの体の奥にとげのように刺さった。


いつの間にか、雪はやんでいた。

ぼくらは、ほのかさんの住む団地に入っていた。

「ねえ、イヌガミさん」

ほのかさんが急に歩みを止める。

「うん？」

「あたしが大人になったら……」

ほのかさんは顔を真っ赤にして全身をぐにゃぐにゃ動かしていたが、いきなり叫んだ。

「あたしと結婚してください！　絶対幸せにします！」

その瞬間ぼくの頭の中には、ぼくの一番好きな人、あのくしゃくしゃ頭の、長くつ下のピッピの姿が浮かんだ。

彼女は一時でも、ぼくを本当に好いてくれたのか、ぼくにその価値があるのか。目の前にいる、この小さな女の子が思ってくれるぐらいに。

頭の中と全身がぼうっとする。まるで霧に包まれたような気分だ。

ぼくは薄らぼんやり笑って、目の前の女の子にたずねた。

「ぼくがハンサムだったら、君は同じようにプロポーズしてくれたかな？」

よくわからないという子どもの顔に、ぼくは我に返った。

なんてこと言ってしまったんだ。ぼくが聞きたかったのは、この子にじゃない。


迎えに来たおとうさんに、無事にほのかさんを渡して、図書館へ帰る。

まっすぐな子どもの声はまだ、ぼくの中に残っている。


――あたしと結婚してください！　絶対幸せにします！


「ありがとう、ほのかさん。ぼくはうれしい」

声に出して言ってみた。

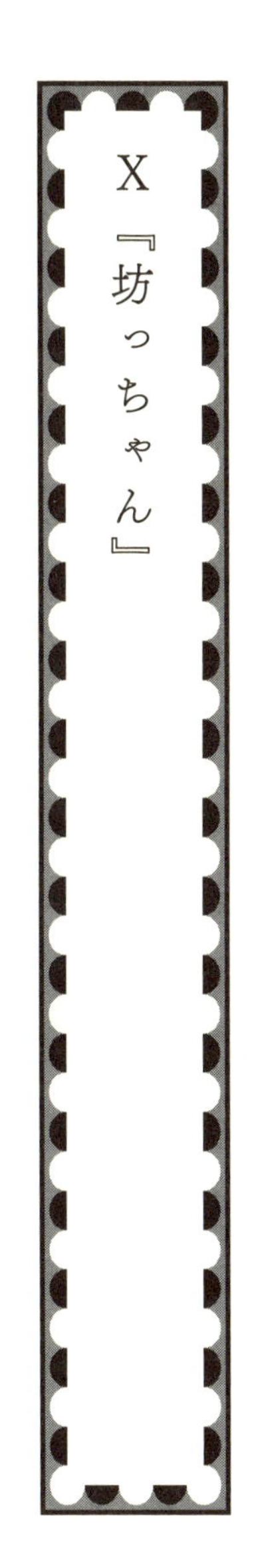

X『坊っちゃん』

その人は、駅の改札前にいた。

仕事帰りのぼくを見つけると、年末の人ごみをものともせず、ずんずん近づいてきた。

「犬上さん」

真っ黒なコートに身を包んだ豊田美理さんは、クールな表情でぼくを見つめた。

「あ、お久しぶりです、豊田さん」

挨拶を無視して、豊田さんはぐいっとぼくの上着の襟をつかむ。

「ちょっとよろしいですか。お話があります」

その声と態度に歯向かう勇気など、ぼくにはなかった。


連れてこられたのは、線路沿いのしあわせ横丁だ。

豊田さんが選んだのは雑然とした飲み屋街にそぐわない、上品なたたずまいのカフェだった。

中に入るとカウンターだけの小さな店だ。扉を閉めると、表の喧騒(けんそう)は幻のように消え、薄暗い店内には薬のような不思議な香りが漂っていた。

「いらっしゃいませ」

カウンター奥には眼鏡をかけた、若い男のバーテンダー……いや、カフェのようだからバリスタかな？　がいた。ほかに客はいない。

ぼくらはカウンター席に並んで座り、豊田さんは慣れたふうに温かいお茶を頼んだ。

オーダーが済むと豊田さんはカウンター奥に並べられた、無数のお茶の缶をじっと見つめる。

そのラインナップを見ると、ここは中国茶の専門店のようだ。豊田さんの横顔は無表情だったが、あまりこれから楽しい話がされるとは思えない。

それぞれに、陶製のポットと小さな湯呑が出てきた。

眼鏡のバリスタは銀色に光る砂時計を置いて、

「砂が落ちきったら、飲みごろです」

と告げて、奥へ引っこんでしまった。

やがて砂は落ちきったが、豊田さんはポットに手をつけない。沈黙が続く。

「あ、あの、今日は何の……」

耐えきれなくなったぼくがたずねると、豊田さんはふう、とひとつため息をついた。

「犬上さん、あなた、ひとみ先生に何を言ったんです？」

ぼくの返事を待たずに、豊田さんはきっぱり言った。

「ひとみ先生は、あなたのことが好きです。あなたも先生のことが好きだと思っていました」

ぼくは声も出せなかった。驚きとともに、背中あたりからじわじわ違和感が忍び寄る。

豊田さんが河野さんと親しいのは知っているが、それでも私的な領域に口を出すのはおかしいのではないか。中高生の恋愛ごっこじゃあるまいし。

ぼくの疑問を見透かすように、豊田さんは口を開いた。

「このままでは、わたしの研究は最初からやり直しです。わたしだけでなく、田中つぐ子教室の少なくない院生に迷惑が及んでおります」

「え、それは、えっと、どういう」

まぬけな声で聞いてしまう。

豊田さんは荒々しい動作で、湯呑にポットの茶を注いだ。

「ひとみ先生のご指導がなければ、我々は非常に困るのです。でも、ひとみ先生は十一月に入ったころから心身ともにお疲れのご様子でした。今月からは大学をお休みされています」

とろりと飴色の液体をひと口飲みこみ、豊田さんはまっすぐぼくを見た。

「河野さんはご病気です。現在、ご実家の近くで入院してらっしゃいます」

ぼくは思わず立ち上がる。

「え、何の病気ですか？　だい、大丈夫なんですよね？」

豊田さんは自分のバッグを開き、折りたたまれたメモ用紙を取り出した。

「病状が深刻ですので、病院に行っても面会できないかもしれません。それでも、もしお気になるようでしたら、こちらが病院名と病室番号です」

ぼう然としながらも、ぼくはメモ用紙をひったくった。

豊田さんはバッグから、手帳くらいの紙包みも取り出す。

「もし、病院においでになるのでしたら、こちらの包みをひとみ先生にお渡し願えますか。ひとみ先生にとって必要なものだと思うので、届けていただけると助かります」

「わかりました。必ず届けます」

ぼくは包みを受け取り、そのまま走って店を出た。


駅前で我に返り、もらったメモ用紙を開こうとするが、手が震えてすぐに開けない。深呼吸して震えを抑えなんとか開いた。病院の所在地を見て驚く。

「ま、松山市道後……道後って、愛媛県の?」

ぼくはいったん自分のアパートへ帰った。キーとETCカードを引っつかみ駐車場へ走る。車に乗りこみ、病院名をカーナビへ入れかけて、ふと手を止めた。

「とにかくこうのさんに会いに行こうよ」

小さなケンが叫ぶ。

「うん、とにかく会いに行こう。考えるのはそれからだ」

カーナビに入力して、そのまま出発した。

都内のぼくのアパートを出て、愛媛県松山市の病院に着いたのは、まだ暗い朝の六時前だった。さっそく受付に行ったが、入院患者（かんじゃ）の面会時間は午後一時からだという。

ぼくはがっくり肩を落とし、駐車場にもどって来た。そのまま車の後部座席に倒れこむ。

浅い眠りの中で色鮮（いろあざ）やかな夢を見た。河野さんらしき女性がそばにいるのだが、彼女のくしゃくしゃの髪、模様のついたブラウスは手に触れられそうなぐらい近くにあるのに、こっちを向いてくれない。もしかしたら、ぼくは河野さんの顔も声も忘れてしまったのかもしれない。

気がついたら、あたりはすっかり明るい。

ぼくの顔はぐっしょり濡れていた。袖でこすりながら起き上がる。体じゅうが氷のように冷えて凝（こ）り固まっていた。

「まだ八時だよ。あと、えっと……五時間かあ」

ケンが悲しそうにつぶやくけれど、だからといって初めての街へ見物に出る気分ではない。食べ物や飲み物のことも頭に浮かばなかった。

ぼくはそのまま後部座席で胎児（たいじ）のように丸まって、起きているのか寝ているのかわからない苦しい時間を過ごした。エンジンを切った車内は外と同じ気温だ。近くに毛布があったけれどぼくは使わない。思うことのすべてが後悔で、感じることのすべてが罰だった。ぼくは自分に自信がなさ過ぎた。彼女を傷つけてそれでよしと思った。彼女の傷の痛みを感じるのは彼女だけなのに。万が一、万が一だけど、彼女の時間がつきるというのなら、あの日のぼくが彼女を拒否(きょひ)して傷つけたのはいったい何のためだったのか。ぼくはばかだばかだばかだばかだ大ばかだ。

永遠に近い時間が流れて、ようやく面会の時刻が訪れた。

どうしても彼女の様子を知りたい。許されなくてもいいから謝りたい。ひと目でも顔を見たい。ひと言でも声を聞きたい。そう思っているのに、ぼくは動けなかった。

怖い。彼女がどうなっているのか、ぼくのことをどう思っているのか、知りたいのに知りたくない。途方もなく恐ろしい。

ぼくはひたすら恐怖に震えていたが、ふと、頭の中にぽつんと赤い絵が浮かんだ。

あ、らいおん。『ラチとらいおん』に出てくる、ちいさなあかいらいおん。

ここに、ぼくのちいさなあかいらいおんがいて、そのしっぽをつかませてくれたなら、どんなにいいだろう。

「だいじょうぶだよ、さあ行こう」

ぼくの手をつかんだのは、小さなケンだった。

「うん、ケンは、いつでもぼくの味方だよね」

息も切れ切れにぼくが言うと、ケンはにっこりした。

「あったりまえだ、だって、ぼくは君で、君はぼくだもん」

小さなケンに手を引かれ、ぼくは車を降りた。

明るくなって見ると思ったより小規模な病院だ。くしゃくしゃになったメモの部屋番号は、307号室。階段で三階へ上がり、ナースステーションをのぞいたが誰もいない。

病院特有の薬や食事のにおいが立ちこめている。緊張のせいなのか手足がしびれてうまく動かない。目もかすみ気味だ。それでも、ぼくは307号室を目指した。

病室の入口で名札を確認する。この部屋には河野さんの名前しかなかった。

開きっぱなしの扉から、おそるおそる中をのぞく。三つの空っぽのベッドがあり、奥の窓際のひとつだけがカーテンで閉ざされていた。その中から、うっすらテレビかラジオらしい音が響いていた。

足音を忍ばせて部屋に入る。自分の荒い呼吸を止めると、たしかに人の気配を感じた。

「河野さん……」

最初のぼくの声はまるですき間風のようだったが、中には届いたようだ。ぴたりと放送の音がやんだ。

深呼吸してから、ぼくは腹から声を出した。

「河野さん、ごぶさたしています、犬上健介です」

ぼくの呼吸は荒いままだが、なんとか聞こえる声になった。

「こんなところ、いや、長距離を追いかけて来て、気持ち悪くてすみません。でもすぐ帰りますので、安心してください」

「それはわざわざ……」

河野さんの声だがひどくよそよそしい。だいぶとまどって警戒している。当たり前だ。

でも、もうあともどりできない。小さなケンの手をぎゅっとにぎり、ぼくは声を張り上げた。

「河野さん、ぼくはこの間ひどいこと言って、あなたを傷つけた。謝ります。ごめんなさい。ぼくは自分に自信がなかった。いっしょにいたら、あなたを傷つけると思いこんでいた。でもそれは間違いでした。それは、あなたが自分で判断することでした。ぼくには謝ることしかできません。今となってはもう遅いでしょうが……ぼくは……ただ、河野さんが毎日楽しく元気に暮らしていればそれで幸せです、それだけがぼくの望みです。どうか早くお体を治してください。陰ながらお祈りしています。それだけ言いたくて。えっと、あの……なぜそんなことを言うのかというと……ぼくは、あなたが、河野ひとみさんが、大好きだからです」

よろよろあとずさりした。言ってしまった、とうとう言ってしまった。

ぼくは踵を返し立ち去ろうとする。

「待って」

ぎくりと立ちすくむぼくの後ろで、しゃっとカーテンが鳴った。

ぼくはゆっくり振り返る。

ケンが顔をしかめた。

「あの人、だれ？」

カーテンを開いたのは、見知らぬ年配の女性だった。きちんと服を着ている。ベッドはすっかり片づいて、かたわらの椅子には大きな旅行かばんが置いてあった。

ぼくは混乱した。なぜ、どうして、え、河野さんはどこ？　まままま、まさか？

「わざわざお見舞いありがとう」

その女性はだいぶ驚いた顔をしている。ぼくの顔のアザに気がついたのか。

隣のケンがつぶやく。

「いやそれより前に、君のなにからなにまでがあやしすぎだろ」

「ひょっとして、あなたひとみのお知り合い？」

ぼくはばたばた両腕を振り回す。頭の中は一層のパニックだ。間違えた？　え、何を？　人？部屋？　病院？　いや、街？　ぼくの意識？

ぼくの様子があまりにもおかしかったのか、女性はくすりと笑った。

「わたしね、ひとみと声がそっくりってよう言われるから、あなたもカン違いしはったのね。わたしはひとみの母です。あと、入院したのはひとみやのうて、わたしよ。けどおかげさんで今日退院するの。お正月に間に合うてよかったわぁ」

小さな子どもに説明するように、ゆっくり話してくれた。

おかげで、ぼくはだいぶ落ち着きを取りもどした。どこで何を間違ったのかは、依然謎だが。

「あ、あのそれじゃ、こう……ひとみさんは、お元気なんですか？」

河野さんのおかあさんは手で口を押さえた。

「ほな、本人に聞いてみる？」

「え」

振り向いたぼくのすぐ後ろに、河野ひとみさんが立っていた。


病院を出たのは午後五時を過ぎていた。陽はだいぶ傾き、あたりは薄暗い。

「せっかく来たんやし、松山をご案内しましょう」

河野ひとみさんが近くの公園へ連れて行ってくれた。街中にあるのだがかなり広い。初めは整えられた庭園を進んでいたが、いつしか軽い登山道のようになった。ほかに人はほとんどおらず、両サイドの木立は森みたいだ。暗く、しんと静まり返っている。

ぼくと河野さんは、暗い坂道をひたすら上っていく。

「ええっと……怒ってますよね」

おそるおそる聞くと、先を行く河野さんはうなずく。

「うん。だって、病院の人に迷惑やったもんね」

「反省しています。病院の方々ももちろんですが、河野さんのおかあさんも早くお家へ帰りたかったでしょうに、ぼくのせいでかなり遅れてしまって」

さっきの病院で、河野さんの顔を見たとたん、ぼくは気絶してしまった。気がついたときには処置室のベッドに寝かされ、腕には点滴(てんてき)の針が刺さっていた。

「うちのおかあさんのことはええの、最初から、おにいちゃんが迎えに来る予定やったけん」

河野さんはちらちら、ぼくを振り向く。

「けど、誰かさんは、仕事終わりに十時間以上も寝ないでぶっ続けで運転して、しかもその間なんも食べも飲みもしとらんとか、わざと病気になりたかったたん？」

「……すみません」

ぼくが謝ると、ぷいと前に向き直る。

「ケンちゃんて、肝心(かんじん)なときにいっつもちゃんとしとらんいうか」

たしかに、ぼくは肝心なときにちゃんとしていない。

がっくり首を垂れたぼくに容赦(ようしゃ)なく、河野さんは続ける。

「ドライブに誘ってくれたときやって、けっこう酔っぱらっとった。あれ、次の朝けろっと忘れとったんやろ。とぼけたつもりやったろうけど、バレバレじゃ」

「ああ……本当にすみません」

ぼくはますます首を垂れる。すべてお見通しだったのか。

それにしても、河野さんの足取りは元気だ。元気でよかった。ひとつにまとめたくしゃくしゃの髪が、リズミカルに揺れるのを、ぼくはずっと見ている。

「あの、大学をお休みされてると、豊田さんから聞きましたが」

「うん、おかあさんが入院したけん、今月初めからこっちに来とったの」

「田中先生の教室では、河野先生がいなくて、皆さんとても大変だったとか」

「はあ？　それ美理ちゃんが言うたの？」

河野さんはまたぼくを振り返る。

「先生なんてそんなに大役やないし。大学院って、基本は自分で研究するとこやけん。けど、担当の授業やゼミはこっちからリモートで対応したし、わたし、仕事はちゃんと……」

眉を寄せ、こぶしをあごに当てる。

「わたしが病気になって入院したいうのも、美理ちゃん情報？　おかしいな、美理ちゃんには、うちのおかあさんのこと説明したのに」

ぼくは、昨日の豊田さんの正確な文言を思い出そうとするが、あまり覚えてない。

「でも、それで病院の所在地と病室を教えてもらったんです」

「美理め〜、余計な策略を巡らせよって！　許さーん！」

河野さんの叫びは、薄暗い森にかすかにこだました。

「あ、忘れてた」

ぼくはやっと思い出して、自分のバッグをごそごそ探り、

「豊田さんから、河野さんへ渡してほしいと頼まれたものが」

手帳ぐらいの大きさの紙包みを渡した。

「ん？　なんやろ」

ちょうど行く先が広場になっている。そこのベンチに腰かけ、河野さんは包みを開いた。

「ああ！　助かったー！」

河野さんが叫びながら掲げたのは、携帯だった。

「いやいやいや、やっぱ学校に置いてたんかー、ないって気がついたときには、わたしもう松山に着いとってて。ＰＣは持ってきたけん、学校関係のやりとりはなんとか困らんかったけど」

「そうなんですか」

棒立ちになってつぶやくぼくの前で、河野さんは熱心に携帯をチェックしている。

「あ、ケンちゃん……何度も連絡くれたんやね」

「はい、既読(きどく)ついてないから、ブロックされたのかと」

「……ありがと、心配かけてごめん」

河野さんの声は小さかった。

「いえ、ぼくの方こそ」

「あ、急がな」

河野さんは勢いよくベンチから立ち上がった。早足で、再び上り坂の道を行く。

「ここねえ、敷地内に正岡子規の記念館もあるよ。月曜日も開いてると思うけど、もう閉館時刻みたいやけん、今日は行けそうにないね」

「今日って、月曜日でしたっけ」

ぼくは初めて気がついた。

もしかすると、豊田さんはぼくの図書館の休館日まで知ったうえで、昨日の夜に声をかけたのか。そうだとしたら、大変な策士だ。

それはそうと、さすがに明日は勤務できそうにない。誰かに電話かけてシフト代わってもらわなければ。現実問題をじわじわ思い起こしながら、ぼくも上り坂をたどった。

だいぶ上ってきたようだ。木々の合間から、ちらちら下の街が見える。

「松山といえば正岡子規の出身地ですものね。それから漱石の」

「「坊っちゃん！」」

ふたりの声が重なり、再び冬の森に響く。

「街に下りたら、もう坊っちゃんだらけやから。坊っちゃん団子、坊っちゃん列車、坊っちゃんスタジアムに坊っちゃんカラクリ時計、果ては坊っちゃん文学賞まで！『坊っちゃん』って、松山のこと田舎じゃてめっちゃばかにしとるお話なのに」

「言わないんですか、なんとかぞなもし〜って」

「言わないぞなもし！」

ぼくらは笑いながら坂を上りきった。また広場に出た。そこからさらに階段で上ったところに展望台が建っていた。息もつかず、河野さんは上っていく。

はあはあ白い息を吐きながら、ぼくはあとを追うがどうにも体が重たい。

「大丈夫？　しんどい？」

展望台のてっぺんで、河野さんは待っていてくれた。

「だ、いじょぶです」

河野さんはにこりと笑って、ぼくへ腕を伸ばす。

「がんばれ」

差し出された手を、自然につかんでいた。河野さんの手は、とても小さくとても温かい。

やっと上りきった。ぼくはひざに手を当て、しばらくはあはあ息を整えた。

顔を上げ、思わず叫んだ。

「ああ」

展望台のてっぺんからは、ぐるりと松山の街が見下ろせた。

西の空は見事な薔薇色（ばらいろ）に染まり、今まさに夕日が落ちようとしている。

「ちょっときれいやろ」

ぼくの隣で河野さんが言った。

街はなだらかな山並みに囲まれている。ぼくの知らない形の山だ。

普段暮らしている土地の山を意識することは少ないが、こうして慣れない形の山々に臨めば、遠い場所に来た実感がわいてくる。

「この街で、河野さんは生まれ育ったんですね」

沈もうとする夕日が、西の山をシルエットにする。その頂上付近を、河野さんが指差す。

「あっちが、松山城」

はるかな山のてっぺんから、ちょこんとお城の形が突き出ているのがわかる。

「ここもお城よ、伊予河野氏のお城の址なの。世が中世であったら、わたしはここのお姫様。犬咬次郎狛衛の母みたいに、一族郎党を組織して御家人として取り立てられてたかも」

「今は、ぼく、ちゃんとしてる、と思います」

ぼくは笑って、河野さんの手をにぎった。

彼女の細い指はびくりと震えたけれど、きゅっとにぎりかえされる。

「そうかな？」

「でも、今までずっと外の人でいたから、なかなかうまくできないかもしれない」

彼女の横顔を見た。

「それでも、河野さんのそばにいていいですか？」

河野さんはぼくを見返し、

「ええよ」

かすかにうなずいた。

夕焼けが消えるまで、ぼくらはずっと街並みをながめていた。

河野さんの生まれ育った街に、だんだん明かりが増えていく。輝く飴玉をばらまいたみたいなカラフルな夜景が浮き上がる。

展望台は闇に包まれた。

その闇の中で、河野さんはくすくす笑いだす。

「美理ちゃんね、ああ見えておせっかいな女なの。夏に、ケンちゃん家に泊まったとき、わたしたちいっしょに縁側に座ってたやろ、あれ、こっそり見とったんやて」

「え、そうなんですか」

暗いけれど、河野さんの頰が赤らんでいるのがわかる。

「あのとき、ケンちゃんはわたしのこと、もう……好きやった？」

「はい。そのずっと前から」

ぼくが即答すると、河野さんはそっと息を吐いた。

「わたしも……大好きやった」

ふたりともしばらく動けなくなった。

やがて、河野さんがぽつりと言う。

「美理ちゃん、あのときから知っとったって」

「ええ？」

ぼくがうろたえると、またくすくす笑う。

「わたしらどっちも、傍で見てる人にバレバレやったんやて。美理のやつ、ふすまのすき間から縁側をのぞきながら、早よ、チューせえチューせえって念じとったんやて」

ぼくの頬や耳、全身は痛いくらい熱い。

「あの、えっと……今、していいですか？」

「……ええよ」

こっくりうなずいた彼女に、ぼくは初めてキスをした。

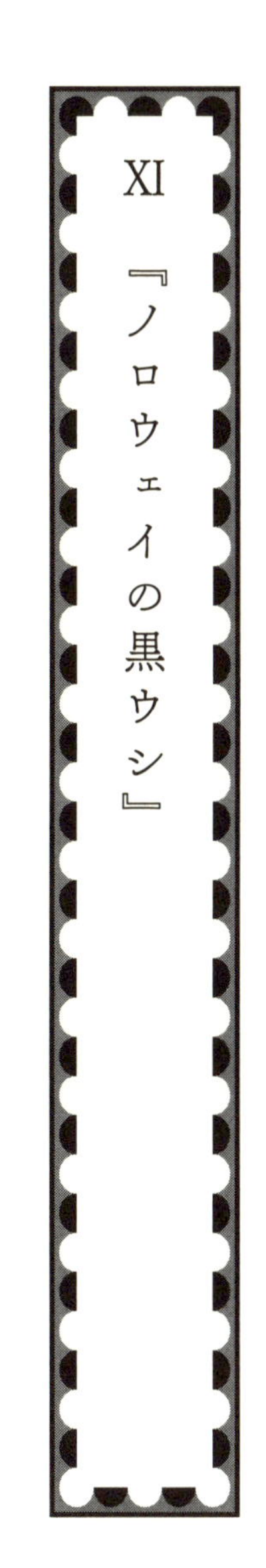

XI『ノロウェイの黒ウシ』

新しい年が始まった。

「この世にある何もかもは、ずっと同じではいられない。『おくのほそ道』にあるように、月日は百代（はくたい）の過客（かかく）、『方丈記（ほうじょうき）』のように、ゆく河の流れは絶えずして、しかももとの水にあらず。いいこと、悪いこと、そのどちらでもないこと、自分も、まわりも、すべてはうねったり曲がりくねったりしながら少しずつ、あるいはいきなり変わっていくんだ」

しゃがんで絵本の並びを整えながら、ぼくはそんなことをつぶやく。

「君が図書館にいられるのも、あとわずかだし」

小さなケンがつぶやく。

「うん。だけど、変わるのはぼくだけじゃない」

ぼくは立ち上がり、うーんと腰を伸ばす。ついでに児童室全体を見渡す。

カウンター近くでは、ほのかさんとスタビンズ君がくっついて、何やらこそこそおしゃべりしている。

「ほのかさん、三学期から保健室で勉強してるんだよね？」

「学校帰りにはほぼ毎日、図書館に寄ってくれる。今まで通り仕事を手伝ってくれる」

でも、ほのかさんの悩みは、まだまだつきないようだ。お家のことか学校のことかは、ぼくにはわからないが、たまにぼんやりしたり涙ぐんだりする姿も見せる。

「スタビンズ君は最近、ほとんどフロアに出ているね」

「そうだね。常連さんたちとおしゃべりしたり、ぼくら職員にからんでうるさがられたり」

ケンはにやにや笑う。

「スタビンズ君、ほのかさんといっしょのときが一番楽しそうだ」

「うん……」

ぼくはほとんど上の空で答えた。

結局、スタビンズ君は、今の中学にはもどらないと決めた。この間こっそり教えてくれた。三月末に、彼のおかあさんの国へ留学するのだそうだ。

「ぼくはただデクノボーのように、子どもたちを傍で見ていただけだ。もっといろいろ関われたはずだったのに」

「そんなことないと思うよ」

小さなケンがぼくを励ます。

「ほのかさんもスタビンズ君も、最初ここに来たときとはずいぶん変わったじゃないか。ほら、あんなふうによくしゃべるようになったし、しょっちゅう笑ってるし、人もこわがらなくなった。文句も意見もちゃんといってくるし」

カウンターのそばでは、スタビンズ君がからかったのか、ほのかさんが口をとんがらかして、何か言い返している。

ケンはそっくりかえってえばる。

「あの子たちが今みたいになったのは、あの子たちの力だけど、図書館の場所のおかげでもあるし、そしたら当然、ここで働いている君たちのおかげでもあるよ」

「そうかな？」

体じゅうがむずがゆくなって、ぼくは首の後ろをかいた。

ケンはにこりとして、ぼくを見上げる。

「覚えてる？　君が高校を卒業して、初めて図書館員としてここに来た日のこと」

「図書館で何がやりたいのかって、ケンに聞かれたね」

「そしたら君は答えたんだ。ぼくみたいな子どもを見つけたい。その子がさびしいなら、そばにぼうっと立っているぐらいはできるんじゃないかな、って」

「なら、デクノボーでもよかったのかな」

二月も半ばに入った。

雪は、昨日の午後から降りだした。

朝、ぼくは少し早めに図書館に着いたが、思ったよりずっと積もっている。出勤の打刻をしてすぐ、雪かきを開始した。

雪はますます降る勢いを増し、かいてもかいてもきりがない。この図書館は昔の建築物のせいか、建物まわりの敷地がゆったりとられていて、エントランスへの動線が複数あるし、面する道路も長い。除雪範囲はけっこう広い。

始めは職員総出で雪をかいた。やがて図書館の開館時刻が近づいたので、いつもの仕事は同僚に任せ、ぼくはひとり雪かきを続けた。

休むわけにはいかない。

ごく私的な都合により、年末最後の二日間を急に休んでしまい、同僚には多大な迷惑をかけた。体調不良だと言い訳をして……いや、実際のところ体調は万全ではなかったから、まったくの嘘ではないのだが。

とにかくこれは罪ほろぼしだと思って、ぼくはせっせせっせと雪をかいた。

「おっす、手伝うぜっ」

気がつくとすぐそばに、元気な中学生がいた。真っ赤な雪かきスコップを、運動会の応援旗(おうえんき)のように掲(かか)げてやって来た。

「ああ、助かるよ〜スタビンズく〜ん」

ぼくは実感のこもった声を漏らす。

スタビンズ君はさすがに若い。疲れ知らずであちこちかいてくれた。大変助かったが、それでも雪の降る勢いが変わらないので、繰り返し繰り返しぼくらは雪をかき続けた。

視界は真っ白、耳栓をされたみたいに音はほとんど聞こえない。なんだか、現実ではないような気がしてきた。


熱中し過ぎて、ぼくもスタビンズ君も昼休みになったのに気がつかなかった。

「休んでって、い・ぬ・が・み・さーん！」

耳のすぐそばで内海さんに叫ばれて、やっと我に返ったほどだ。

スタビンズ君は鼻も頬も真っ赤にしながら、ようくがんばった。

保存書庫で冷たいお弁当を食べる彼に、ぼくは感謝の気持ちをこめて、コンビニの唐揚げスナックとカップラーメンを差し入れしてやった。

「やったー！　午後もがんばる」

賄賂が効いたようで、中学生は単純に喜んでいた。

昼休みの間も雪は降り続く。

「犬上さん、大丈夫？　ぼく替わろうか？」

加藤館長が心配してくれたが、ぼくは微笑んで、ご提案を固辞した。

「今日は一日、こっちは任せてください」

スコップを担いで、再び外へ出る。

またせっせせっせとかいていると、スタビンズ君がいきなり、

「ああ！」

叫んで駆けだした。真っ赤なスコップをぶんぶん振り回す。

「よお！　てつだえよ、おーい」

スコップを支えにして、ぼくがそっちを見ると、ほのかさんが立っていた。

学校は午前中で終わりになったそうだ。

ほのかさんも参加して、雪かきはかなりはかどった。

降雪もついに力つきたようだ。だいぶ小降りになってきた。

目途(めど)がついてきたので、ぼくは手を休めた。とたんに、朝からの疲れがどっと襲(おそ)ってきて、その場にすとんと腰を下ろしてしまった。

「あー、サボってる」

ほのかさんに目ざとく見つけられ、指を差される。

「朝からずーっとだぜ、もたねえ。ほのかさんも、もう適当でいいよ」

「テキトーって、仕事でしょ」

いかにも小学生っぽい潔癖(けっぺき)さで、ほのかさんはぼくを糾弾(きゅうだん)する。それがかりそめにも、プロポ

ーズした相手への仕打ちですか。そのとき、

「ぎゃあ！」

アケボノスギの向こうから、悲鳴が上がった。

ぼくとほのかさんが駆けつけると、スタビンズ君が雪に埋もれていた。

午後から、彼はかまくらづくりにいそしんでいた。雪山を作り、内部をくりぬいていたときに崩れたらしい。幸いにもぼくらに救出されて、中学生は無事だった。

「こいつが、雪の重みで折れて、落ちてきたんだな」

変り果てたかまくらから、ぼくはアケボノスギの大枝を引っぱりだした。

「がんばってふんばり過ぎると、この枝みたいに折れちゃうんだよ。たまにはサボって適当でいいんだ」

子どもたちに折れた枝を見せながら、ぼくは言った。

「特に子どものうちは、疲れたら、あんまり深く考えないで、近くの人に甘えりゃいいんだ。それで、そのあとまた、がんばる」

「なにそれ、木の話？　雪かきの話？」

子どもたちのぽかんとした表情がおかしくて、ぼくはつい笑った。

地下倉庫からトラロープとパイプ椅子を持ってきて、ぼくはアケボノスギの下を立ち入り禁止

エリアに指定した。

さすがに集中力が切れたのか、あるいはさっきのぼくの訓示が効いたのか、ほのかさんとスタビンズ君は雪玉を作ったり、雪山の上で転がったりして遊んでいる。

そこへ、エプロン姿の内海さんがやって来た。さすがに寒そうだ。

「ねえ、館長がほっかほかのぶたまん、どっさり買ってきたよ。ひと休みしてください」

子どもたちは大喜びで、飛び跳ねるみたいにして建物へ向かう。

内海さんは手先に息を吐きかけ温めながら、

「ほら、犬上さんも。ここは寒いし」

ぼくの顔をのぞいて、にこにこしながらも声を低めた。

「おととい、ひとみちゃんが図書館に来たのよ、ほら、犬上さん休みの日」

向こうでほのかさんとスタビンズ君が立ち止まり、振り返ってこっちを見てる。

ぼくは息を止め、反射的にずるりとあとずさった。

「あ、あの、ぼくは、もう少しやってます」

「あ、そう。じゃお先に」

意味ありげな笑顔で、内海さんはエプロンのポケットを探る。

「犬上さん、あーん」

きれいな指先につまみ上げられたのは、包みをむいたキャラメルだ。ぼんやり開いたぼくの口に、ぽんと放りこまれた。

笑顔をぐいと近づけて、内海さんはぼくだけにささやく。

「年末年始、彼女の実家に泊まったんだって？　それはそれは、おめでとうございますう」

踵を返して軽やかに駆けだし、内海さんはたちまち子どもたちに追いついた。

「じゃ、おふたりさん、行きましょ。ぶたまんが冷めちゃう」

内海さんはたぶん、『ねむりひめ』のうらないおんなと同じ呪いをぼくにかけた。

そのあとたっぷり数分間、ぼくは雪の中で動けなかった。キャラメルのおかげか、ぼくの心と体はとろけるくらい甘かったけれども。


それから一週間くらいたっただろうか。

スタビンズ君がすっかり元気をなくしているので、ぼくが誘った。

「ちょっと手伝ってくれないか、スタビンズ君」

ぼくらはつるはしを手に図書館の建物を出た。駐輪場へ向かう。

雪かきの日、ぼくはここに雪をまとめて人の背丈より高く積んで、雪のすべり台を作った。

ほかの場所の雪は、三日もしたらすっかり溶けてしまったが、ここは日当たりが悪いせいか、ほぼそのままの形で残っている。

このままでは来館する子どもが登って危険なので撤去せよとの、館長からのお達しだ。

スタビンズ君が雪山のふもとをけんけん蹴って、

「かっちかちだよ。お、すべり台のあとがまだ残ってる」

猛然と駆け上ったが見事にすべった。つるーと腹ばいに落ちて、車道に出そうになったので、あわててぼくが足で止めた。あれ、なんかこの場面、おはなしにあったような。

「扱いがひどい、足げにされた」

ぼくに抗議しながらも、スタビンズ君は笑っている。少しは元気が出たかな。

それはともかく、さすが館長だ。たしかにこのままにしておくのは危険だろう。

「もったいねえが、やるしかねえ！」

「あ、ちょとちょと、スタビンズ君ストップ」

派手につるはしを振りかぶった中学生を制して、ぼくはつるはしの作業手順を教えてやる。

「つるはし自体の重さに任せて小刻みに打つ、このくらいの感じでね」

「めっさ地味」

ぶつくさ文句を言いながらも、スタビンズ君はすぐにコツを飲みこんだ。こつこつ氷の山を打ちだした。冷たい空気に頬や鼻を真っ赤にして、夢中で打っている。

これを作った日もスタビンズ君はこんな顔をしていたな、とぼくもつるはしを振るいながら思い出した。

あの日、雪かきを終えて、スタビンズ君とほのかさんは、ほかの子どもたちといっしょに、この雪のすべり台で遊んだ。

小さなケンが氷の山のてっぺんに座っている。

「そこへ、ほのかさんのおねえさんがシンコクな顔で走ってきて、ふたりは大急ぎで帰ってっちゃったんだよね」

それきり、ほのかさんは図書館に来なくなった。お家で何かあったのかもしれない。

ふと気がつくと、スタビンズ君はつるはしの手を止めて、氷の山を見つめている。

「あのさ、イヌガミさん」

「うん？」

「あいつ、もうここには来ない気がする。もう絶対会えない気がする」

あの雪の日以来、スタビンズ君が自ら進んで、ほのかさんのことを話題に出したのはこれが初めてだ。赤くなった鼻をぐずぐずとこすって、少年はつるはし打ちを再開する。

「おれ、四月にはアメリカにいるし。あいつも、引っ越して別の市の中学に行くって言ってたし。もう絶対、離れ離れのまんまだよ」

ぼくはずっとこつこつ氷を打ち続けている。

「うーん、えっと、思い出した」

「なにを？」

ぽかんとする少年をちらりと見て、ぼくはまた氷を打つ。

「さっき、スタビンズ君がつるーって落ちたとき、こんなおはなしがあったなあ、なんだったっけなあって、考えてた」

「はあ？」

「昔、ぼくの大先輩の青柳さんって人がいて」

スタビンズ君にしたら、何の話かさっぱりだろう。つるはしを止めて、ぽかんとした顔だ。

「その人、何もかもが完璧な図書館員だったんだけど、おはなしもすごく上手だった」

「おはなしって、おはなし会で、本を見ないでするおはなし？」

「そう。それで、いつだっけか、大人向けのおはなし会っていうのがあって、青柳さんは『ノロウェイの黒ウシ』という、スコットランドの昔話をしてくれた。三十分近くかかる大作なんだけど、青柳さんの声はきれいで心地よくて、でも最後の方はひたすらはらはらして、とにかく、ずっと楽しかったんだ」

「そのアオヤギさんって、女の人でしょ？　きれいな人？　イヌガミさんの憧れの人とか？」

スタビンズ君がにやにやしながら聞くので、ぼくのつるはしは止まってしまう。

「ま、まあ女性だ。ぼくが図書館に入ったばかりのときに教育係をしてくれた人で、えっと、十年くらい前に、結婚して外国へ行っちゃった」

『かぐやひめ』のような青柳先輩の姿が心に浮かぶ。当時、いや、今だってぼくの憧れの人だ。かなり厳しく怖い先輩でもあったけど……我に返って、ぼくはひとつ咳ばらいをする。

「いや、あの、それはさておき、だから、『ノロウェイの黒ウシ』だ。女の子が主人公で、クライマックスで何度も歌が入るから、青柳さんにぴったりだった。とてもいいおはなしだ。あきらめない女の子のおはなしだよ」

「その子に、さまざまな苦難が振りかかるんだね」

「おお、そのとおり。君って天才なの？」

「わかってる」

スタビンズ君はクールに肩をすくめ、ぼくは氷打ちを再開する。

「愛する王子様に会うために、その子はガラスの丘を越えなければならない。だけど、ガラスはつるつるで、さっきの君みたいにすべってどうしても登れない。そこでその子はどうしたか？」

「え？　どうしたんだろ。えっと、えっと……つるはしで丘を壊した？　あ、ぐるっと回り道したとか？」

スタビンズ君はおはなし会での小さな子どもみたいに、全身をぼくへ傾ける。

「うん、その子も回り道したんだけど、ガラスの丘はずっと続いている。すると、ふもとに鍛冶屋がいて、『働いてくれたらガラスの丘を登れる鉄の靴を作ってやる』って言うんだ。だから、その子は鍛冶屋の家の仕事をした、七年と七日の間」

「げえ」

「それは、ほんの一例なんだ。その子には次から次へと苦難が振りかかる。でも、彼女はあきらめないで、知恵をしぼったり、助けられたりしながら、苦難をクリアしていく」

スタビンズ君は上目遣いになって、こそっと聞いた。

「その子、最後は王子様と会えたんだよね？」

「もちろん。めでたしめでたし、だ」

ぼくが答えると、ほっと笑顔を浮かべた。

ぼくも笑って、つるはしの手を止めた。

「ぼくは、スタビンズ君とほのかさんは、絶対また会えるという気がするんだ。人生は、苦難の連続だけど、奇跡も必ず起こるものだから」

スタビンズ君は眉を寄せ口をとんがらかし、しばらく考えているようだった。

「ふうん、そっか」

ふっと笑って、またつるはしで打ちだす。

「なら、おれ、三月中はここに来る。なんたって、イヌガミはおれよか、かなりな大人だもんな。苦難も奇跡も経験済みなんだろ？」

氷の上の小さなケンが、きゃははと笑った。

苦難なのか奇跡なのかはわからないが、そのすぐあとに、意外なことが起こった。

仕事の電話がかかってきたので、ぼくはつるはし打ちをスタビンズ君に任せ、図書館に入った。

そのほんの数分後、表でがらがら、バケツを激しく叩くような音がして、ぼくと内海さんはあわてて外へ出た。

スタビンズ君が小学生の女子と、取っ組み合いの大ゲンカをしていた。

ぼくが駆けつけて、ふたりを引きはがすと、

「やだ、びしょ濡れじゃないの」

内海さんが驚きの声を上げ、震える女の子を抱きしめた。その子が誰だかわかって、もっと驚いた声になる。

「かおりちゃん? 何やってんの。風邪ひくから、とにかく中に入って」

今日はたまたま植栽ボランティアの福島さんたちが来ていて、図書館まわりの植木の手入れをしていた。スタビンズ君と山下かおりさんは、近くに置いてあった園芸用のバケツをひっくり返し、よりにもよって、そのびちゃびちゃの上で取っ組み合ったんだ。

かおりさんは内海さんに職員用の休憩室へ、スタビンズ君はぼくに保存書庫の中へ、それぞれ引っぱりこまれて着替えさせられた。ふたりのどっちも、その日は、ぼくら職員にケンカの理由を教えてくれなかった。

しかし、何が何のきっかけになるのかなんて、誰にもわからない。

ケンカから二、三日して、かおりさんは図書館へやって来るようになった。学校帰りに児童室に寄って、以前のように絵本や物語を静かに読む。ほぼ毎日、決まってひとりだった。

ぼくやスタビンズ君を見ると、顔をそむけたりわざと遠回りしたりするけど、内海さんや奥井さんなど女性職員とは、挨拶やひと言ふた言の会話もしているようだ。

それから数日後。《おはなしのこべや》の中で、ぼくは保存書庫に移す紙芝居を選んでいた。

「……イヌガミさん……」

振り向くと、かおりさんが立っている。この子に声をかけられたのは、実に数年ぶりだ。

「はい、なんでしょう、かおりさん」

平静を装って、ぼくが応えると、子どもは顔をくしゃくしゃにゆがめた。

「……ごめんなさい……全部、全部わたしのせいです……」

せっぱ詰まった様子で《おはなしのこべや》へ上がり、ぺたんと座りこんだ。

「わたし……イヌガミさんのこと、へびおとこって、いろんな人にいいふらした。図書館の悪口もたくさんいった。だって、だって、あの日、わたし、あと回しにされて悔しかった……」

話を聞くと、ぼくだけが悪かったわけではなさそうだ。ただ、タイミングは最悪だった。ぼくが、かおりさんをあと回しにしたとき、この子は家や学校、いろんな方向から追いつめられていた。何より、大好きで頼りきっていた彼女のおねえさんがいなくなってしまった直後だった。

「あのときのわたしは待てなかった。こわくて、世界の全員に見捨てられた気持ちだった……そのあともずっとずっと腹が立って、わたしはここの図書館の悪口や、イヌガミさんのことをひどい言葉でいいまくった……そのせいでイヌガミさんたちクビになっちゃうの？……けほ」

子どもが咳きこんだすきに、ぼくはやっと口を挟んだ。

「うん、とにかく、世界はかおりさんを見捨てたりしない」

図書館が消滅するわけではない、ぼくら今の職員は、異動するがクビにはならない、そもそも、図書館の運営制度が変わるのはずっと前から決まっていたことで、かおりさんの悪口のせいでは決してない、できるだけ平易な言葉で、彼女の誤解を解こうと試みた。

それでも、かおりさんの全身の緊張と、高ぶった感情は収まらない様子だ。その場に正座して、きちんと両手をひざに置くと、宣誓するように言い放った。

「転校生の火村ほのかさんをいじめて、不登校にしたのはわたしです」

ぼくにあと回しにされ、世界のすべてに絶望したかおりさんは、自らを変えたと言う。

それまでずっと持ち続けた家族や友だちへの遠慮や我慢や思いやりを捨て、家庭でも学校でも自らの思いのまま行動する「姫」としてふるまいだしたのだと。

ぼくは黙って、子どもの話を聞いた。

かおりさんが憎み、あざ笑ったのはぼくだけではなかった。まわりを傷つけ平伏させることで、この子はなんとか我が身を守ってきたんだろう。

話し続けるかおりさんの背後で、幼い「怪獣」と、小さなケンが取っ組み合っている。ふたりとも真っ赤な顔をして、無言ながら本気でやり合っている。かおりさんの「怪獣」はなんとなく、いじめっ子のハセに似ていた。

　ぼくがそんな幻影を見ていると、スタビンズ君がこちらへやって来る。

　よりにもよってちょうどそのとき、かおりさんがはっきり言った。

「去年の九月、火村ほのかさんが転校してきた」

　スタビンズ君は顔色を変える。《おはなしのこべや》へ上がり、彼女の正面に座りこんだ。

「ねえ、スタビンズ君、あの、保存書庫に行ってて……」

　ぼくの言葉なんて、一切聞いてくれない。

　おかあさんのいないかおりさんが、ほのかさんに嫉妬(しっと)したこと、それを飲みこんで姫として接していたのに、賢(さか)しげに注意されて爆発した……告白を続けるかおりさんを、スタビンズ君は今にも飛びかかりそうな顔でにらんでいる。

　ぼくはずっとはらはらしどおしだ。

　かおりさんがクラスメートを焚きつけ、ほのかさんをいじめ、それが原因で、ほのかさんが学校へ行けなくなったいきさつが語られると、スタビンズ君はついにいきり立って叫んだ。

「ほのかがかわいそうだ。あいつはどんだけ、苦しんだと思う？」

　ぼくは立ち上がって、スタビンズ君を《おはなしのこべや》の外へ引きずりだした。彼は大いに暴れ抵抗(ていこう)したが、大人のぼくにはなんでもない。

　それでも、一昨年からしたら、だいぶ強く大きくなった。

ぼくは暴れる中学生の耳にささやく。

「植栽ボランティアの福島さんを呼んできてくれないか。『例のチューリップを、持ち主に返したい』って言えば、わかるはずだから」

不満そうな顔ながら、スタビンズ君は言うことを聞いてくれた。


スタビンズ君が去ると、ぼくの目の前にはしおれきったかおりさんだけが残った。

この子は人を傷つけた。自身を守るためとはいえ、したことは看過できない。

小さなケンが、「怪獣」と取っ組み合っているのはそのせいだ。

けれど、かおりさんは今、自分の罪は永遠に償えないと思いこんでいる。世界中の悪いことすべてが自分のせいだと、自身を責めている。

ひとりきりで図書館に通うようになったのは、罪の意識から逃れるためなのかもしれない。

ふいにぼくの頭に、初冬の海と空とが浮かんだ。

あの日のレストランの風景だ。とたん、全身の筋肉がきゅうと固くなる。あそこですべてを壊してしまったのは、ぼくだ。河野さんの、血の気の引いた白い顔は忘れられない。

ずっといじめられっ子だったぼくもまた、たしかに人を傷つけた。

でも。

今では、ハセも、河野さんも、ともに笑い合えるぼくにとって大切な人だ。

生きていれば人から傷つけられるし、人を傷つけることもある。

だけど、人との関係はずっとそのままじゃない。様々な要因でどんどん変わる。環境や運、相手の考え方もあるが、自身の努力によってだって変わる。

よくならないことも多いけど、よくなることだって、きっとある。

だから、ぼくらはあきらめないで、できることをやり続けなきゃならないんだ。

そういうことを、目の前の、この女の子に伝えられるだろうか。

ぼくはかおりさんをまっすぐに見た。

「ケンの話をしても、かまわないかな？　少し長くなるかもしれないけど」

そう言って、ぼくは部屋のすみへ目をやる。

「怪獣」との取っ組み合いに疲れ、うずくまる小さなケンがかすかにうなずく。

ぼくがかおりさんへ語りだしたのは、ぼく自身の小学六年生の、春から夏にかけての物語だ。

司書先生に認められてうれしかったこと、
自分ひとりで本棚を作ろうと決めたこと、
ハセと初めて取っ組み合いのケンカをして、
それをきっかけに、ふたりで本棚を作り始めたこと。

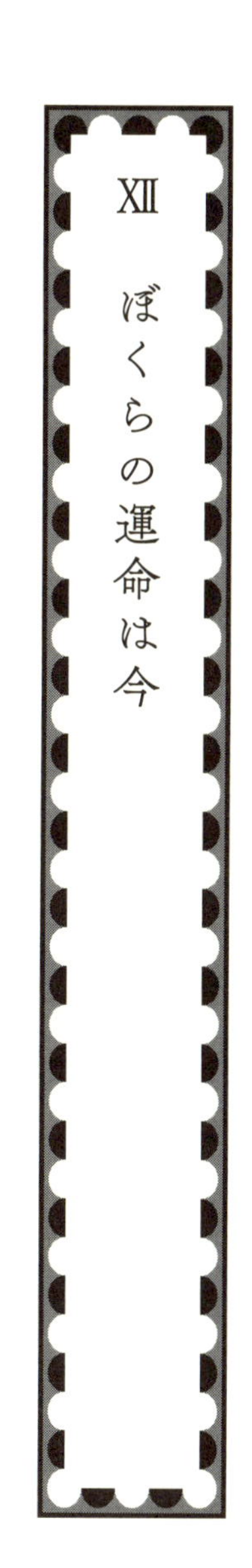

XII　ぼくらの運命は今

春休みに入った。

三月最後の土曜日、図書館では「春休みスペシャルこうさく会　みんなで、おおきな　さかなを　つくろう！」が行われた。

ほのかさんに折ってもらった折り紙の赤い魚たち。最初ぼくは、絵本コーナーの壁面の装飾に使うつもりだったのだが、あまりに数が多くて貼りきれない。そこで急きょ「春休みスペシャルこうさく会」のネタにした。

イベントは大盛況で、地下のホールは子どもや大人でいっぱいになった。

ほとんどが、ぼくの顔見知りだ。初めてぼくに会って大泣きした子、ぼくの顔が気になって質問してきた子たち、館内でケンカしてさんざん注意した子、学校の友だちといっしょのひなさんもいる。早乙女さんたち「赤ちゃんのおはなし会」組のおかあさんおとうさんたち、福島さんを始めとした植栽ボランティアの面々、講演会でお世話になった作家の西荻善（にしおぎぜん）先生と娘のみすゞちゃん、今やすっかりおねえさんだ。町内のご意見番の阿久津（あくつ）さん、それから、かおりさんのおとうさんもいてその隣は……げ、なぜか中央図書館の清見次長まで来ている。

参加者が多くて、どうなることやらと案じられたが、スタビンズ君と山下かおりさんが、率先して小さな子どもたちの面倒を見てくれた。おかげで、会はつつがなく進んだ。

子どもたちみんなで、巨大アクリル板に小さな赤い魚を貼って、一匹の巨大な魚を形づくる。最後にじゃんけん大会をして、優勝した子どもが巨大魚の目の位置に、たった一匹の黒い魚を貼った。黒い魚が貼られ、巨大な魚の姿が完成すると、自然に大きな拍手が起こった。

接着剤がかわくまでの間、ぼくは絵本『スイミー』を読んだ。こんなに大勢の子どもたちの前で、ぼくが絵本を読み聞かせるのも、これが最後だろう。

巨大魚のアクリル板は、『おおきなかぶ』の表紙のおおきなかぶのように、みんなにわっせわっせと二階へ運ばれ、児童室の天井に掲げられた。

二階の天井に悠然と泳ぐ巨大な赤い魚を、子どもたちは床に寝っ転がったり、ぴょんぴょん飛び上がったり、あれこれ指差したり、思い思いのポーズで見上げた。

「春休みスペシャルこうさく会」はこれでおしまい。大好評のうちに幕を閉じた。

ただ、スタビンズ君とかおりさん、そしてぼくたち図書館員がそれぞれの理由でどうしても会いたかった、火村ほのかさんはとうとう現れなかった。


ホールで、ぼくがあと片づけをしていると、スタビンズ君とひとりの紳士がやって来た。

「息子が大変お世話になりました」

「こちらこそ、スタ……いや、アレクセイさんにはよく仕事を手伝っていただきました」

富田アレクセイさんのおとうさんとぼくは、初めて挨拶をして握手をした。

それから、ぼくはスタビンズ君とも握手をした。

「じゃあな。また来るから」

顔じゅうを真っ赤にして、スタビンズ君はおとうさんといっしょに帰っていった。

それが、スタビンズ君との別れだった。


ホールでのあと片づけを終え、ぼくが二階へ上がると、カウンター前にかおりさんがいた。

「あのチューリップ、今どんな感じですか?」

ぼくがたずねると、かおりさんは恥ずかしそうに微笑んだ。

「うん。もうつぼみが出てきて、はしっこがちょっと赤くなってる」

あの日、スタビンズ君は間に合ってくれた。植栽ボランティアの福島さんがかおりさんのもとへ駆けつけ、芽を出したばかりの球根の鉢植えを渡すことができたんだ。

「それはとても楽しみですね」

ぼくといっしょに笑ったけど、かおりさんはすぐ笑いをひっこめ、神妙な顔になる。

「火村さん、今日来ると思ってたのに……いつになるかわかんないけど、あの子を見つけたら、わたしは迷わずかけ寄ってつかまえて、絶対にごめんってあやまる」

　ぼくはうつむき、少し考えた。やがて、かおりさんを正面に見据(みす)える。

「……かおりさんは、自分の気持ちをすっきりさせるためにじゃなく、相手の子に謝るためだけに、謝るんだよ」

「うん、わかった」

　小さくうなずいて、かおりさんも帰っていった。


　子どもたちはみんな帰ってしまった。

　まだ今年度は数日残っているが、それも通常業務と、引き継ぎと、細々(こまごま)した事務と雑用で、あっという間に過ぎ去ってしまうだろう。

　ぼくは児童室のカウンターの前に立って、子どもたちが帰っていった階段あたりをぼんやりながめた。ひとりひとりの顔が、ぼくの中にはっきり残っている。

　喉のあたりがじんと痛んで、何度かこみ上がってくるものを飲みこむ。

　背後の事務室から人が出てきたようだ。振り向いてぼくは驚いた。

「あれ、来てたんですか？」

「うん、バレねえように隠れてずっとイベント見てた」

　霜月さんはどすんとカウンター席に腰を下ろし、児童室をぐるっとながめた。

「いや、なつかしいね、この景色」

霜月先輩は珍しくぼくを大いにほめてくれた。そこから思い出話になって笑い合う。

しばらくおしゃべりしていると、事務室から帰り支度万端（じたくばんたん）の内海さんが出てきた。

「あれ、霜月さん、まだいたの？」

「内海ちゃんも犬上も上がりでしょ？　飲みに行こうよ」

いきなりのお誘いだったけど、濯君のお迎え問題はクリアされた。内海さんは携帯をにぎってガッツポーズをとり、ぼくらに向かってVサインを突き出す。

「よっしゃ、霜月大先輩がおごってくださるなら、焼肉だあ！」

というわけで、ぼくら三人でささやかな打ち上げということになった。


しあわせ横丁の小さな焼肉屋で、ぼくらは思いっきり肉を詰めこんだ。

「「先輩、どうもごちそうさまです！」」

元気よく挨拶するぼくと内海さんに、霜月さんは苦笑する。腕時計にちらりと目を落としてから、親指ではす向かいのあたりを指した。

「あのさ、もう一軒、付き合ってくれるか？　すぐそこ」

「「もちろん！」」

素直な後輩たちは素直に声を上げた。

焼肉屋のはす向かいにあったのは、

「あ、ぼく、来たことあります」

年末に、豊田さんに引っぱられて入った、あの中国茶のカフェだった。

「どうせ女の子と来たんでしょ、ケンのくせに生意気なんだから、ふん」

なぜだかつんとして、内海さんが先に入った。

「いらっしゃいませ」

先日とまったく同じ温度の声で、眼鏡のバリスタに迎えられた。

でも、ぼくの顔はきっと覚えているはずだ。

「あの、こないだは、お茶を全然飲まないで出てしまって、すみませんでした」

ぼくは謝ったが、バリスタはかすかに首を傾げただけで何も言わなかった。霜月さんにメニューを手渡す。

「あー、お任せで」

霜月さんが常連ぽくオーダーした。

やがて、温かいお茶ときれいなお菓子が、ぼくらの前に置かれた。お茶もお菓子も茶器も、それぞれが違う種類だ。

「へえ、なんか霜月さんぽくない。何かたくらんでるでしょ」

内海さんはいぶかしげな表情だったが、琥珀色のお茶をひと口すすって目を丸くする。

「やだ、おいし」

ぼくのお茶は淡い緑色だ。

ひと口飲んで、思わず目をつぶった。さわやかな風味が、さっきまでのアルコールや肉の脂を

たちまち洗い流してくれる。

この前来たときと同じに、この店は静かで別世界のようだ。

ぼくらはぼそぼそ話しながら、お茶を飲み、ときおりきれいなお菓子をつまんだ。

霜月さんは落ち着きなく湯呑をゆすり、中のお茶が動くのをじっと見ている。

「言う機会を逸してたんだけど、こないだ研修生の中に、ちーがいてさ」

「ちー……ちーちゃん？　あのギャルの子？　なっつかしー」

内海さんもぼくも驚く。

「ちーちゃんが、指定管理者の図書館員として、研修を受けているんですか」

ちーちゃんは、ぼくが新人のころさんざん振り回された女の子だ。当時は小学六年生だった。

霜月さんはカウンターに片ひじをつき、こぶしにあごを乗せる。

「見かけはだいぶ落ち着いたおねえさんになってたけど、おれが講師で入って行ったら、悲鳴を上げやがった。まあ無理もない、おれは変わらずカッコいいからな」

ぼくと内海さんは目を合わせ、笑いかける。

　でも、霜月さんはシリアスな顔つきだ。

「この三月に大学卒業したんだって。図書館で働きたくて司書資格とったんだって」

「それで、非正規の図書館員を選んだの？」

　内海さんも真面目な顔になって、霜月さんを見つめる。

　霜月さんはぐっと、お茶の残りを飲み干した。

「待遇がアレなのは納得済みだそうだ。『ここの給料、時給に直すと、居酒屋バイトの半分くらいしかなくてウケるー。でも、図書館の仕事やってみたいからー』だとよ」

　霜月さんは自分のポットを傾け、湯呑にお茶を追加する。

「ちーに限らず、研修生たちはおれらの何倍も熱心で礼儀正しいし、知識もあって飲みこみも速い。ほとんどの子が四大を出て司書資格持ちだ。若い人も多い。しかも、みんな図書館や本が大好き、ときた」

「非の打ちどころがないですね。来年度からの図書館は、安泰（あんたい）ってわけか」

　内海さんの微笑みは、明らかに皮肉っぽかった。

　ぼくら三人は同時にため息をつき、同時にそれぞれの湯呑にうつむく。

　カフェの中は暗く静かだ。野草のような薬のような不思議な香りもして、まるで深い森に迷いこんだようだ。

　ふと、ぼくは『ヘンゼルとグレーテル』を思い出す。

森の中で彼らが迷わないように、ぼくらが銀貨のように輝く小石を、道しるべに置いておかねばならなかった……。

いや、霜月さんは精一杯流れに抗(あらが)った。ぼくが何もしなかっただけだ。

「それでさ、おれもいろいろ考えたんだ」

霜月さんがいきなり声を上げたので、ぼくと内海さんは顔を上げる。

ぼくらの視線をよけるように、霜月さんは襟の中に手を突っこんでぼりぼりかいたり、首筋をごしごしこすったりする。

「うん、あのさ、まあ、その」

なぜか照れてるみたい。ぼくらの方をちっとも見ない。

内海さんが首を傾げ、問いかけるようにぼくを見るが、ぼくも首を傾げる。

さっぱりわからない。

あさっての方向を見ながら、霜月さんはまだごにょごにょ挙動不審だ。

「うん……あのさ、こないだ、勉強会のやつら数人と話す機会があって、そんで」

湯呑をつかみ、中途半端に笑う。やっとぼくらの顔をちゃんと見た。

「よければ、お前らにも加わってほしい。もちろん、できる範囲でかまわない」

「あのう、全然、話が見えないんですけど」

内海さんが眉を寄せると、霜月さんはさらに笑って、ふうーっと息を吐いた。

それから、さっきまでの挙動不審な態度をかなぐり捨てて語りだした。

「来年度からの指定管理者制度は避けられない。しかし、その制度はずっと続くべきではない。図書館の本質は積み重ねそのものだ。資料やサービスを積み重ね守り、継続させる仕事だ」

ぼくは深くうなずく。

「はい、それは痛切にわかります。ぼくは十一年目ですが、まともな仕事ができたのは、やっとここ最近の気がします」

「それは時間かかり過ぎじゃない？　ケンちゃんは自信なさ過ぎ」

内海さんが小声でまぜっかえしたが、霜月さんは話し続ける。

「しかし指定管理者制度では、職員がいくら優秀であっても積み重ねの仕事はできない。第一に、長期に続けられる待遇ではないし、一年や半年単位で、職員が自治体をまたいでころころ異動する。しかも、契約更新に会社がビビッて現場の意見はちっとも上に届かない。なぜ、そんな制度がまかり通るのか……それは、図書館の仕事や役割が、世間に理解されていないからだ」

「ただカウンターに座ってにこにこして、機械でぴっ、ぴっ、てするだけの、奥様方のパート向きの、簡単でキレイなお仕事ざーます」

内海さんはそれはそれは邪悪に微笑んだ。

霜月さんは内海さんの皮肉に笑いもせず、熱っぽい口調で言う。

「世間はよく知らないだけだ。だから、おれたちで知らせる」

内海さんはぱちりと、まばたきをした。

「知らせる？　何か、広報みたいな活動をするってことですか？」

「そうだ。おれたちは公務員だが、仕事を続けながらでもできることはある。勉強会メンバーや図書館出身者だけでなく、外の市民グループとも連携してだな……」

ぼくと内海さんはまた顔を見合わせる。

急に、霜月さんの声が低くなった。うつむいて、ため息をつく。

「おれは道を間違えた……制度が変わると聞いて、あせって、先走って、ひとりでいろいろやった。だけど、そもそもがひとりじゃ無理だったんだ。だから、同じ志の人たちの助けが欲しい。いや、今からなんて、とうてい無理だろうか、絵空事だろうか」

内海さんは不機嫌そうな顔で霜月さんを見た。眉を寄せ、あごに指をやる。

「絵空事でもないと思いますけど？」

ぼくと霜月さんははっと、彼女を見る。

「だって、指定管理者制度をやめて直営にもどした自治体は複数ありますもん。あと、図書館の元職員たちや市民グループでＮＰＯ法人作って、指定管理者に選ばれた事例もあります」

内海さんは涼しい顔でお茶をひと口飲んだ。

「そんなに、悲壮な顔しないでも、やればできるんじゃないですか？　あと、さっき霜月さん、市民グループと連携っておっしゃったけど、具体的にあてがありそうですね」

霜月さんは驚いた表情で内海さんを見ていたが、こくこくとうなずく。

「ある。実は、そこの代表を、今ここに呼んだ」

内海さんは笑いをこらえた顔と声になる。

「だいぶ用意周到なことで。で、どんな団体のどんな人なんです？」

聞かれて、霜月さんはなぜかまた挙動不審な態度だ。

「んー、あの、その、三年前から自宅で文庫活動を始めた人で、今は市内で子ども食堂とか育児相談室とかいろいろ幅広（はばひろ）くやってる。複数の市議ともパイプがあって、かなりなやり手だ」

ぼくははたと思いつく。

「ひょっとして、おぶすま文庫かな？　ぼく、直接代表の方に会ったことはないですが、図書館の連携事業とか保護者のうわさ話とかで、名前だけは何度も聞いたり見たりしてます」

内海さんもはっとした顔になった。

「おぶすま……って、男衾（おぶすま）るいさんのこと？　役所の子育て支援課では有名だよ。わたしは担当違いで、一回も会ったことないけど」

「ならば話は早い」

霜月さんはだいぶほっとした様子で席を立った。大股（おおまた）で歩いて、店の扉を開く。

外の喧騒とともに入ってきたのは、長い黒髪の、ほっそりした女性だ。

彼女は『かぐやひめ』のようだったが、ぼくと内海さんは、つむにさされた『ねむりひめ』みたいに、声も出せずその場に凍りついた。

「大変、ごぶさたしております」

微笑みながらおじぎしたその人は、まぎれもなく、ぼくの憧れの、青柳先輩だった。


三月の最終日、ぼくは十時近くまで残業した。

それも終わり、通用口から出て鍵をかけた。指定のビニールバッグに鍵を入れて封をする。正面エントランスに回り、ビニールバッグをブックポストの投入口からすべりこませた。

これで、ぼくの図書館での仕事が終わった。

エントランス前の階段を半分下り、なじみの図書館を見上げる。

街灯に冷たく照らされ、ねずみ色の建物は、いつもよりもさらに古びてつまらなそうだ。

ここで、ぼくは十八歳から二十九歳までの大半を過ごした。とはいうものの、役所の職員に異動はつきものだ。職場を変わるごとに、いちいち感傷的になる必要はない。

苦笑しかけたそのとき、ふいに目の前がかすんだ気がして、ぼくは目をつぶった。

目を開くと、あたりはすっかり明るい。青空にスズメがさえずり、日光はまぶしくふんわり暖かい。花壇(かだん)の花たちは元気だ。ひなぎくにポピー、きんせんかにマリーゴールド。

古びた図書館の建物に沿って、ぼくは歩きだす。ゆっくり建物の西側に回る。そこには、大きなアケボノスギが二本そびえている。

杉の木の下に、ひとりの若い男が立っていた。

先月高校を卒業したばかり、ひょろっとして線が細く、いかにも頼りない。

彼は杉の幹に手をついて、空を仰いでいた。

見ているのは、十一年前の四月の朝の空だ。

明るい春の陽気とは裏腹に、彼の心身は細かく震えている。

縮み上がるほどの緊張、先の見えない重苦しい不安、自らへの自信のなさ、他人の視線におびえる弱さ……その中にも、かすかに希望の光が垣間見える。

彼はこれから、憧れの図書館員になる。この図書館で、彼なりのベストを尽くす。

多くの失敗、気まずい思い、恐ろしいこと恥ずかしいこと、思い違いをする。

人とぶつかり傷ついたり傷つけたり、どうにもできない悔しさ、怒り、自らの限界も知る。

同時に、人といっしょに笑う楽しさ、わきたつ喜び、胸のときめき、温かな期待、まぶしい憧れも数知れず経験し、価値観や環境の近い人、まるで違う人たちと交流する。

そして、かけがえのない友人たちを得る。

ふと思い立って、ぼくは自分のシャツの胸ポケットをのぞいた。そこから慎重につまみ上げ、手のひらにのせたのは、一枚の桜の花びらだ。

かすかに笑いながら、ぼくはその花びらを「ふっ」と吹いた。

それは勢いよく舞い上がり、彼のすぐ目の前に、ひらひらと落ちた。

彼は花びらを拾い、しばらくながめていた。やがて、シャツの胸ポケットにしっかりしまいこんだ。

十八歳の犬上健介は気合を入れるように、しゃんと頭を上げた。背筋を伸ばし、緊張しまくりのぎこちない足取りで、図書館の正面エントランスへ向かう。


「ケンちゃん、お仕事終わった？　今日で図書館最後やったんよね？　ご感想はいかが？」

背後から、三つ続けて質問を投げかけられ、ぼくは我に返る。

あたりは当然真っ暗だ。街灯の明かりだけが冷たく照らしている。

ぼくは振り返って、声の主に笑ってみせた。

「うん、そりゃいろいろ思うところはあるよ。ぼくはここを、子どもたちの楽しくて明るい居場所にしようとがんばったつもりだけど、ここはどこよりも、ぼくの居場所だった。ここでは、ぼくはちゃんと中の人でいられた……かな？」

それからもう一度、ねずみ色の建物を見上げる。

「でも、図書館とは、これからもずっと関わるつもりだから、さみしくはない」

あの中国茶カフェでの衝撃の夜が、まざまざと思い浮かぶ。

内海さんは悲鳴を上げ、青柳先輩、いや、男衾るいさんに抱きついて質問責めにした。

霜月先輩の目に鋭い光がもどったように見えたのも、ぼくの思いこみではないだろう。

るいさんはこれからの野望を、現実的で明確なビジョンとして、てきぱきと提示してみせた。

この計画は決して絵空事では終わらない、とそこにいた誰もが確信した。

あの人は、以前にも増して理知的で自信に満ちていた。そして、とても美しかった。やっぱり、
ぼくにとっての神か太陽……。

「いてっ」

いきなり腕に衝撃を感じ、ぼくは再び我に返る。

「ぼうっとして、ケンちゃん何考えとるん？」

くしゃくしゃ頭のひとみさんはもう一度、ぼくの腕をぽかりとなぐった。

「お腹すいとるやろ？　これからものごっついラーメン食べに行く？」

内心の動揺を悟られないよう、ぼくはつまらなそうな顔を作る。

「ええっと、あの……いいけど、もう遅いし、ごっつくないやつにしない？」

「し、な、い！」

ぼくらはいっしょに笑い、いっしょに歩きだした。

この物語に登場する作品

本

＊古典など版が複数出ているものは、公共図書館で手に入りやすいものを基準に選びました。

『ドン・キホーテ』〔全6巻〕セルバンテス／作、牛島信明／訳　岩波文庫
『星の王子さま』サン＝テグジュペリ／作、内藤濯／訳　岩波書店
『坊っちゃん』夏目漱石　新潮文庫
『マヤの一生』（子ども図書館）椋鳩十　大日本図書
『あくたれラルフのハロウィン』
ジャック・ガントス／さく、ニコール・ルーベル／え、こみやゆう／やく　PHP研究所
『おおきな おおきな おいも』赤羽末吉／さく・え　福音館書店
『さんまいのおふだ　新潟の昔話』水沢謙一／再話、梶山俊夫／画　福音館書店
「ドリトル先生物語」〔全13巻〕ヒュー・ロフティング／作、井伏鱒二／訳　岩波少年文庫
『ドリトル先生の郵便局』『ドリトル先生のサーカス』『ドリトル先生と秘密の湖』〔上・下〕
『機関車トーマス』（新・汽車のえほん）
ウィルバート・オードリー／作、レジナルド・ダルビー／絵、桑原三郎＋清水周裕／訳　ポプラ社
『どろんこハリー』
ジーン・ジオン／ぶん、マーガレット・ブロイ・グレアム／え、わたなべしげお／やく　福音館書店
『いぬ　おことわり！』マーガレット・W・ブラウン／さく、H・A・レイ／え、ふくもとゆみこ／やく　偕成社
『ぼくのいぬがまいごです！』
エズラ・ジャック・キーツ＆パット・シェール／作・絵、さくまゆみこ／訳　徳間書店
『犬の生活』（犬の生活研究家ポピー・N・キタイン／著）津田直美／作・画　カワイ出版
『イヌのいいぶん ネコのいいわけ　イヌとネコにともだちになってもらう本』
なかのひろみ／文、植木裕幸＋福田豊文／写真、野矢雅彦／協力　福音館書店
『イヌ・ネコ』（ポプラディア大図鑑WONDA）
ジャパンケネルクラブ、アジアキャットクラブ／監修　ポプラ社
『りっぱな犬になる方法＋1』きたやまようこ　理論社

『イヌ科の動物事典』（「知」のビジュアル百科6）
ジュリエット・クラットン＝ブロック、祖谷勝紀／日本語版監修　あすなろ書房
『ジェシカがいちばん』ケヴィン・ヘンクス／さく、こかぜさち／やく　福武書店
『アルド・わたしだけのひみつのともだち』ジョン・バーニンガム／さく、たにかわしゅんたろう／やく　ほるぷ出版
『ふしぎな ともだち』サイモン・ジェームズ／さく、小川仁央／やく　評論社
『ものぐさトミー』ペーン・デュボア／文・絵、松岡享子／訳　岩波書店
『鬼平犯科帳　決定版』［全24巻］池波正太郎　文春文庫
『犬神家の一族』横溝正史　角川文庫
『ごぶごぶ　ごぼごぼ』（0.1.2.えほん）駒形克己／さく　福音館書店
『剣客商売』［全16巻］池波正太郎　新潮文庫
『居眠り磐音　決定版』［全51巻］佐伯泰英　文春文庫
『リチャードのりゅうたいじ』ロバート・ブライト／さく、なかむらたえこ／やく　Gakken
『エルマーのぼうけん』
ルース・スタイルス・ガネット／さく、ルース・クリスマン・ガネット／え、わたなべしげお／やく　福音館書店
『女生徒』太宰治　角川文庫
『アンディとらいおん』ジェームズ・ドーハーティ／ぶん　え、むらおかはなこ／やく　福音館書店
『きょうはなんのひ?』瀬田貞二／作、林明子／絵　福音館書店
『泣いた赤おに』（1年生からよめる日本の名作絵どうわ）浜田広介／作、西村敏雄／絵、宮川健郎／編　岩崎書店
『色セロハンでつくろう―たのしいステンドグラスのいろいろ』（ポプラ社のペーパーランド）渡辺叡／作　ポプラ社
『太平記』［上・下］作者未詳、亀田俊和／訳　光文社古典新訳文庫
『ちびくろ・さんぼ』ヘレン・バンナーマン／作、フランク・ドビアス／絵、光吉夏弥／訳　瑞雲舎
「遠い座敷」『秒読み　筒井康隆コレクション』筒井康隆　福音館書店
『長くつ下のピッピ』アストリッド・リンドグレーン／作、大塚勇三／訳　岩波少年文庫
「芋粥」『羅生門・鼻・芋粥・偸盗』芥川竜之介／作　岩波文庫
『甘葛煎再現プロジェクト　〝よみがえる古代の甘味料〟』（奈良女子大学文学部〈まほろば〉叢書）

山辺規子／編著　かもがわ出版
『古典がおいしい！　平安時代のスイーツ』前川佳代＋宍戸香美　かもがわ出版
『枕草子』清少納言、佐々木和歌子／訳　光文社古典新訳文庫
『こだぬき6ぴき』なかがわりえこ／文、なかがわそうや／画　岩波書店
『神曲』［全3巻　地獄篇・煉獄篇・天国篇］ダンテ、平川祐弘／訳　河出文庫
『おやゆびひめ』アンデルセン／作、カンタン・グレバン／絵、松井るり子／再話　岩波書店
「かいけつゾロリ」シリーズ　原ゆたか／さく・え　ポプラ社
「おしりたんてい」シリーズ　トロル／さく・え　ポプラ社
「ふしぎ駄菓子屋銭天堂」シリーズ　廣嶋玲子／作、jyajya／絵　偕成社
『どろぼうがっこう』かこさとし　偕成社
『おもいついたら　そのときに！』西内ミナミ／作、にしまきかやこ／画　こぐま社
『チキチキチキチキいそいでいそいで』角野栄子／文、荒井良二／絵　あかね書房
「フィレンツェの少年筆耕」『父　Little Selections あなたのための小さな物語10』
　エドモンド・デ＝アミーチス、赤木かん子／編　ポプラ社
『こびとのくつや』（グリム童話）バーナデット／絵、ささきたづこ／訳　西村書店
「母をたずねて三千里」『クオレ　上』デ・アミーチス／作、前田晁／訳　岩波少年文庫
「毎日が夏休み」『父　Little Selections あなたのための小さな物語10』大島弓子、赤木かん子／編　ポプラ社
『シャーロック・ホームズ全集』［全9巻］
　アーサー・コナン・ドイル、小林司＋東山あかね／訳、高田寛／注・解説訳　河出文庫
『くまちゃんのいちにち』（ことばのべんきょう）かこさとし　福音館書店
『ラチとらいおん』マレーク・ベロニカ／ぶん・え、とくながやすもと／やく　福音館書店
『エパミナンダス』（愛蔵版　おはなしのろうそく1）
　東京子ども図書館／編、大社玲子／さし絵　東京子ども図書館
「ノロウェイの黒ウシ」『イギリスとアイルランドの昔話』石井桃子／編・訳、J・D・バトン／画　福音館書店
『芭蕉　おくのほそ道　付 曾良旅日記 奥細道菅菰抄』松尾芭蕉、萩原恭男／校注　岩波文庫

『方丈記』鴨長明、蜂飼耳／訳　光文社古典新訳文庫
『ねむりひめ』（世界傑作絵本シリーズ）
　グリム童話、フェリクス・ホフマン／え　せたていじ／やく　福音館書店
『スイミー――ちいさな　かしこい　さかなの　はなし』レオ＝レオニ、谷川俊太郎／訳　好学社
『おおきなかぶ』（ロシア民話）Ａ・トルストイ／再話、内田莉莎子／訳、佐藤忠良／画　福音館書店
『ヘンゼルとグレーテル』グリム童話　スーザン・ジェファーズ／え、おおばみなこ／やく　ほるぷ出版
『かぐやひめ』岩崎京子／文、長野ヒデ子／画　教育画劇

◉この物語はフィクションです。

虹いろ図書館　司書のぼくと運命の一年

2024年11月20日　初版印刷
2024年11月30日　初版発行

著者　櫻井とりお
発行者　小野寺優
発行所　株式会社河出書房新社
〒一六二－八五四四　東京都新宿区東五軒町二－一三
☎〇三－三四〇四－一二〇一（営業）
☎〇三－三四〇四－八六一一（編集）
https://www.kawade.co.jp/
カバーイラスト・挿絵　浮雲宇一
デザイン　野条友史（buku）
組版　株式会社キャップス
印刷・製本　三松堂株式会社

［著者略歴］
櫻井とりお（さくらい・とりお）
京都市生まれ。放送大学教養学部卒。都内区役所在職中、およそ10年間公立図書館で勤務。2018年第1回氷室冴子青春文学賞大賞を受賞、19年『虹いろ図書館のへびおとこ』（河出書房新社）で作家デビュー。20年度まで非正規職員として関東圏の公立図書館に勤めた。著書に「虹いろ図書館」シリーズ（河出書房新社）、「図書室の奥は」シリーズ（PHP研究所）、「あたしとひぐっちゃんの探偵日記」シリーズ（小学館）など。

ISBN978-4-309-03930-5
Printed in Japan